방랑기

(하)

花のいのちは
みじかくて
苦しきことのみ
多かりき

林芙美子

한림신서 일본현대문학대표작선 22

방랑기
(하)

하야시 후미코 지음 / 최 연 옮김

小花

방랑기(하)
한림신서 일본현대문학대표작선 ㉒

초판인쇄 · 2001년 6월 15일
초판발행 · 2001년 6월 20일

지 은 이 · 하야시 후미코
옮 긴 이 · 최 연
발 행 인 · 고화숙
발   행 · 도서출판 소화
등   록 · 제13-412호
주   소 · 서울시 영등포구 영등포동 94-97
전   화 · 677-5890(대표) 팩스 2636-6393
홈페이지 · www.sowha.com

ISBN 89-8410-169-9
ISBN 89-8410-108-7 (세트)

☆잘못된 책은 언제나 바꾸어 드립니다.

값 5,500원

차례

역자의 말

1930년부터 작가 활동을 시작한 하야시 후미코(林芙美子, 1903~1951)는 미야모토 유리코(宮本白合子)와 함께 특히 정력적으로 활약한 여류 작가이다. 서민으로 태어나 서민의 생활을 체험하며 자란 후미코는 서민들이 사는 모습 속에서 삶의 진실을 직시하며 자기 인식을 결정(結晶)해 나갔다.

"하야시 씨의 작품에서는 서민의 애절한 신음이 들려온다. 슬픔과 괴로움에 가득 찬 현실 세계를, 그 슬픔과 괴로움의 무거운 짐을 지고 살아가야 하는 서민의 소리는 끝없이 처절하지만 그 처절한 서민의 소리를 하야시 씨는 작품으로 그대로 결정하고 있다."

라고 다미야 도라히코(田宮虎彦)가 말했듯이, 하야시 후미코는 자신이 체험한 모든 것을 숨김없이 작품 속에서 토로하고 있다. 이처럼 여류 작가로서는 특이한 존재인 하야시 후미코는 그녀다운 개성을 살려 예술적인 문학을 지향하며 그녀 특유의 인생관을 담은 문예를 완성하였다. 후미코는 세상의 일반적인 도덕 관념보다는 인간의 삶 그 자체를 중시하였으며, 인간의 지위나 명예 등은 무의미한 것으로 세속의 관념이 인간을 불행하게 만든다고 생각하였다. 따라서 여자에게만 강요된 도덕적 속박과 굴레는, 삶의 진리 앞에 허물어져야 한다고 강조하였다.

전후 반전(反戰) 작품을 발표하면서 왕성한 문필 활동을 펴 나간 후미코는 제3회 여류 문학자상을 수상한 『늦국화(晚菊)』(1948) 이후, 한층 원숙한 작풍을 보였다. 유려한 문체, 작품 구성, 인생관의 유전(流轉) 등 예술적 경지에 더욱 깊이를 보이게 된 것이다.

하야시 후미코의 대표작이며 출발점이라고 일컫는 『방랑기』(1930)에는 유년 시절 역경의 추억과 후미코가 여학교를 졸업하여 도쿄에 나온 1922년부터 수년 동안의 생활이 그려져 있다.

"나는 숙명적으로 방랑자이다. 나는 고향을 갖고 있지 않다"라고 시작되는 『방랑기』에는 가난과 굶주림에 허덕이며 여러 직업을 전전하는 한 여성의 방랑과 애환이 일기 형식으로 생생하게 그려져 있다. 『방랑기』에 대해 나카무라 미쓰오(中村光夫)는 다음과 같이 말했다.

"어린 시절의 회상으로 시작되는 이 수기는, 대략 그

8

녀가 18세부터 25세 정도의 일이다. 지카마쓰 슈에(近松
秋江) 집에서의 가정부를 비롯하여, 셀룰로이드 공장의
여공, 주식회사 점원, 여급, 노점 상인 등 여러 직업을
전전하는 도쿄의 밑바닥 생활을 해 나가면서, 한편으로
동화나 시를 쓰기 시작했던 시절의 체험을 군데군데
자작시를 끼워 자유로운 일기체로 쓴 것이다. 그 속에
는 굶주림과 굴욕에 끊임없이 시달리면서도 마음속 깊
이 아름다움을 갈망하며 추구해 나가는 한 여성의 심
리와 육체의 동요가, 거칠지만 정확하고 생생한 필체로
그려져 있다."

1930년 출판되어 60만 부의 판매부수를 기록한 『방랑기』
가 충격적이었던 것은, 무엇보다도 주인공인 '나(私)'가 일
본 사회가 요구하던 정숙한 여자의 정형(定型)에서 벗어난
여자였기 때문이다. 『방랑기』 속의 '나'가 소설의 주인공으
로서 매력에 넘치는 이유는 두 가지다. 그 하나는 그녀가 가
난과 역경의 가정 환경 속에서도 굴하거나 비뚤어지지 않고
오히려 밝게, 강한 개성을 지닌 여자로 성장해 가는 것이다.
'나'의 어린 주인공은 좋은 집안의 아이와는 전혀 다른 각
도에서 사회를 보는 시점을 키워 나가면서 조숙하고 자립심
이 강한 여자로 성장해 간다.

또 하나의 매력은, 정착할 집도 없이 방랑하면서 보통 가정이나 부모 자식 관계와는 매우 다른 환경에서 자란 소녀가 자신의 삶을 개척해 가며 작가로서 성장한다는 것이다. 굶주림과 빈곤에 굴하지 않는 천진발랄한 향일성(向日性)의 '나'의 청춘이 그려져 있는 『방랑기』는 하야시 후미코 문학의 원천인 동시에 그 어느 누구도 독특한 창작 기법을 흉내낼 수 없는 작품이다.

『방랑기』(林芙美子 전집 제1권, 文泉堂, 1977) 1부, 2부, 3부의 작품 내용이 과거와 현재의 시제를 구별하지 않고, 작자가 과거 회상을 현재 일기를 쓰듯이 적고 있어서 한국어로 번역할 때 시제가 맞지 않는 의미상의 어려움이 많았으나, 일기체 소설의 특성을 그대로 살려 작자의 의도대로 시제를 바꾸지 않기로 하였다. 또한 원래 시인으로 출발한 하야시 후미코는 『방랑기』 작품 속에 시를 많이 삽입시켜 놓았고, 가부키(歌舞伎)나 조루리(淨瑠璃)와 같은 일본 전통극 내용과 서양의 예술과 문학 작품에 관한 내용을 상당히 많이 다루었으며 특히, 규슈 지방의 방언이 많이 나와 번역하는 데 미흡한 점이 많았으리라고 생각된다.

1930년대의 일본의 규슈, 오노미치, 오사카, 도쿄 등의 풍경이 너무나 생생하게 그려져 있어 역자가 도저히 알 수 없는 당시의 풍속에 대해 많은 가르침을 주신, 일본 도쿄대학 유학 시절 은사이셨던 고보리 게이치로(小堀桂一郞) 교수님과, 가와모토 고지(川本晧嗣) 교수님께 깊이 감사드린다. 또한 절판이 되어 구할 수 없는 하야시 후미코 전집을 역자에게 선뜻 빌려주어 정확한 번역을 할 수 있게 도움을 주신 하야시 후쿠에(林福江: 하야시 후미코의 질녀로 현재 유일한 유족임) 씨에게도 감사의 말씀을 드리고 싶다.

『방랑기』를 번역하는 좋은 기회를 주신 한림대학교 일본학 연구소의 지명관 교수님과 히구치 요코(樋口容子) 선생님께 감사드리며, 일기체 소설의 특성으로 작품상의 시제가 맞지 않아 고생하시며 교정을 보아 주신 소화출판사 편집부 여러분들께 감사의 말을 전하고 싶다. 아울러 역자의 번역 일을 옆에서 많이 도와준 김희정 양에게 고마움을 전하고 싶다. 역자의 게으름 탓으로 번역이 예정보다 많이 늦어진 점에 대해 정말 죄송스럽게 생각한다.

삶의 역경 속에서 마음의 빛을 잃은 우리 주변의 여성 독자들에게 특히 이 책을 권하고 싶다.

2001년 3월
역자 최 연

제3부
도쿄 시절—작가 성장의 험난한 길

(3월 x일)

새가 빛난다.
도시 위에서도 빛난다
새가 하얗게 빛난다
거리엔 꽃가루가 흩날리고, 전신주의 꼭대기가
흔들려요 흔들리고 있어요
머물 곳이 없다.
폐가 노래한다, 짧은 경치 노래인 걸.

갈색 빗속을

나는 귀를 막고 걷는다
귀가 아파, 아파요
빗속에 새가 빛난다
발버둥치면서 난다
아득한 황야에 바람의 꿈
폐가 노래한다, 짧은 경치 노래인걸.

나는 무엇 때문에 걷는 걸까
새의 운명이다
새처럼 어딘가에서 나는 태어났다
머물 곳이 없는 밤
반짝이며 난다
내가 빛나는 것이 아니다
사방의 광선이 와아 하고 웃는 것이다
나의 폐가 노래한다 그뿐인 거다….

혼자 사는 고양이, 혼자 사는 개
아무도 없는 길의 자갈돌
이슬이 사라진다.
새의 하늘, 빛나는 새
못을 빼듯 매끄러운 빛

비틀거리며 비틀거리며 다만 빛나는 새

폐가 노래한다. 폐만이 노래할 뿐이야.

두 개의 폐만이 내 것 같은 기분이 든다. 우편물이 돌아와서, 아 그런가 하고 생각한다.

요미우리(讀賣)신문에 보낸 『폐가 노래한다』라는 시가 너무 길어서 실을 수 없다는 기요미즈(淸水)라는 사람의 편지다. 화류병약 광고는 엄청 크게 나와 있는데, 가난한 여자의 시는 길어서 신문에 실을 수가 없는 것이다.

단 여덟 페이지짜리 신문은 멍청한 시(詩) 같은 건 실을 공간이 없는 것이다.

피어리스 침대 광고가 나와 있다. 나는 이런 튼튼한, 고급스런 침대에 한 번도 누워 본 적이 없다. 타이거 미인 여급모집. 하얀 앞치마를 걸치고, 긴 끈을 나비같이 등 뒤로 묶고, 맥주 병따개에 방울을 단 잘 차려 입은 여급이 눈에 들어온다. 신문을 보고 있으니, 진흙탕 속에, 소똥을 짓이긴 것같이 기분이 나쁘다.

어디, 어영차!

무척이나 몸이 무겁다. 떨이로 파는 바나나가 한 무더기 10전. 미끌미끌 상하려는 것을 먹은 탓인지 몸 속에 벌레가 끓는 것 같다. 꼭두새벽부터, 어딘가에서 다이쇼고토[106]를 제멋대로 켜고 있다.

'폐가 노래한다'는 따위의, 허튼 시가 돈이 되리라고는 생각지 않지만, 그렇지만, 세상에는 한 사람쯤 유별난 것을 좋아하는 사람이 있을 법도 한 것이다.

잠자리를 정돈하고 머리를 올리러 갔다.

금학 향수를 한 병쯤은 바른 것 같은, 덩치 큰 여자가 머리를 올려 주었다. 너무나 냄새가 지독해서, 소매로 코를 막고 싶은 기분이 든다. 머리가 아프기 시작했다. 안에서는 미용사 가족이 전부 달려들어 벚꽃을 조화로 만드는 부업을 한다. 눈이 번쩍 뜨일 것 같다.

이제 곧 벚꽃놀이다.

모모와레로 올려 달라고 했다. 값싼 가발인데다, 아무래도 솜씨가 나빠서 눈썹에 눈꼬리까지 치켜 올라갈 정도이다. 2층에서, 갑자기, "호색꼴이야"라는 여자 목소리가 들렸다. 모두 깜짝 놀라, 천장을 쳐다본다.

"대낮부터 또 그러는군. 엎치락뒤치락 씨름만 하고 있어. 아니, 술에 취해선, 마누라를 괴롭히는 게 버릇이라…."

미용사가 머리를 매만지면서 쿡쿡 웃고 있다. 모두 웃었다. 남편은 증권사에 다니고, 아내는 고깃집의 급사라 한다. 아침부터 술을 마시고, 잠자리를 갠 적이 없는 부부라 한다.

하얀 다케나가[107]를 꽂았다. 머리를 올리는 값이 30전, 다케나가 값이 2전, 35전을 지불했다.

마치 머리 위에 야채 바구니를 얹은 느낌이 드는 게, 15일 만에 산뜻해졌다.

'폐가 노래한다'가 거절당했기 때문에, 이번에는 작품을 바꿔 동화를 가지고 가기로 했다.

가야초(茅町)에서 우에노(上野)로 나가, 스다초(須田町)행 전차를 탄다. 먼지가 일어, 마치 저녁노을 같은 하늘. 어쩐지 살아 있는 일이 귀찮아진다. 구로몬초(黑門町)에서 빨간 삐에로 복장을 하고 악기를 울리며 선전하는 사람들이 3명 승차했다. 사람들은 모두 키득키득 웃었다. 젊은 삐에로가 표를 팔고 있다. 파랑 빨강의 얼룩 줄무늬의 공단에, 얼굴만은 화장을 하고 있지 않아서, 오히려 이상하다.

저런 꼴을 하고 살아가는 사람도 있다. 일당은 얼마나 받을까…. 나는 모르는 척하고 창 밖을 보고 있었지만, 점점, 뒤죽박죽이 되어도 괜찮을 것 같은 기분이 들었다. 한 사람쯤 나와 결혼해서 살 남자는 없을까 생각한다.

나를 좋아하는 사람은 모두 나처럼 가난하다. 바람에 날리는 비문(雨戶)같이 흔들흔들하고 있다. 그뿐이다.

긴자로 나가 다키야마초(瀧山町)의 아사히신문으로 향한다. 나카노 히데토(中野秀人)라는 사람을 만난다. 하나야기 하루미(花柳はるみ)라는 머리를 자른 세련된 여자와 산다고

소문으로 듣고 있어서, 가슴이 두근두근 했다. 세상의 보통 사람이란, 좀처럼 남의 가난한 사정 따위는 모른다. 시를 조만간 보겠다고 하면서 바깥으로 나간다.

나카노 씨의 빨간 넥타이가 예뻤다.

소개장도 없는 여자의 시 같은 건, 어느 신문사든지 귀찮은 것이다. 긴자 거리를 걷는다.

광고에 나온 타이거라는 가게가 있었다. 나란히 송월이라는 가게도 있다. 넋을 잃을 만치 예쁜 여자가 예쁜 하얀 앞치마를 걸치고 있는 것을 훔쳐 본다. 가슴까지 오는 앞치마는 이제 유행하지 않는 걸까.

모래 섞인 강한 바람이 불었다.

욘초메(四丁目)에서 요리사인 듯한 남자가, 지나가는 사람에게 광고 성냥을 하나씩 주고 있다. 나도 받는다. 되돌아가 2개나 더 받았다.

뭘 써서 돈을 벌려는 생각 따위를 한 건, 흡사 꿈 같은 일임에 틀림없다. 번화가의 생활은, 뒷골목 생활과는 완전히 다르다. 10전 짜리 소고기덮밥도 먹을 수 없다니….

(3월 × 일)

하이네가 어떤 서양사람인지 모른다.

달콤한 시를 쓴다.

사랑의 시도 쓴다. 독일의 어머니에 관한 시도 쓴다. 그리고 시가 팔린다. 이쿠다 슌게쓰(生田春月)라는 사람은 어떤 아저씨일까…. 번역이란 밥을 다시 해서, 볶음밥을 만드는 것일까. 하이네와 이쿠다 슌게쓰[108]가 어떤 관계인지 알 순 없지만, 책방 선반에 하이네가 생겨났다. 외따로 서 있다.

나는 무정부주의자다.

이런 답답한 정치 같은 건 정말 사양한다. 인간과 자연이 노닥거리고, 온종일 생식 준비…. 그걸로 된 것 아닙니까. 고양이도 매일 밤 가련하게 돌아다니고 있다. 나도 그렇게 남자를 원한다고 말하며 걷고 싶다.

빗자루로 쓸어 버릴 만큼 남자가 있다.

바라문대사(婆羅門大師)의 반게경(半偈経)이라면,[109] 반야바라밀이라고 하지 않을까….

구더기가 끓는다. 내 몸에 구더기가 끓는 것이다.

아침부터 물만 마시고 있다. 도둑이 들어오는 공상을 한다. 누구든지 문단속에 조심. 지금, 나는 훌륭한 무정부주의자를 자임하고 있다. 엄청난 짓을 해 보려 한다.

밤. 소고기덮밥을 먹고, 로트 안약을 산다.

(5월 x 일)

밤, 우시고메(牛込)의 이쿠다 조코(生田長江)[110]라는 사람을 방문한다.

이 사람은 나병이라고 들었지만, 그런 건 아무래도 좋다. 시인이 되고 싶다고 하면, 무슨 줄을 대줄지도 모른다.

나는 이제 70전밖에 없다.

창마(蒼馬)를 본다느니 하는 제목을 붙여, 시 원고를 가지고 간다. 늙어 노망한 백수건달이 사는 듯한 집이다. 전등이 엄청 어둡다. 어떤 도깨비가 나올까 생각했다.

방구석에 쪼그리고 앉아 있으니, 이쿠다 씨가 슥 하고 안쪽에서 나타났다. 별로 눈에 띄지 않는 큰 줄무늬가 번쩍이는 옷을 입은, 야윈 사람이었다. 얼굴의 피부가 몹시 번들거리며 빛나고 있다.

목소리가 작은, 상냥한 사람이었다.

아무 말도 않고, 원고를 좀 봐 달라고 하니, 지금 당장은 볼 수 없다고 한다.

나는 70전밖에 없었기 때문에 온몸이 확 뜨거워진다.

"어떤 이의 시를 읽었습니까?"

"예, 하이네를 읽었습니다. 휘트먼[111]도 읽었습니다."

고급스러운 시를 읽는다는 것을, 말해 두는 게 좋겠다는 생각이 들었다. 그렇지만, 사실은, 하이네도 휘트먼도 마음으로부터는 머나먼 곳의 사람들이다.

"푸쉬킨[112]은 좋아합니다."

나는 서둘러 사실을 말했다.

당신도 병으로 지극히 비참하지만, 나도 가난해서, 극도로 비참합니다. 수많은 병보다, 가난보다 괴로운 것은 없다고 우리 어머니는 입버릇처럼 말합니다. 그래서, 나는 살해당한 오스기 사카에(大杉榮)[113]가 좋습니다.

넓은 방. 어두운 도코노마에 단면이 하얀 책이 조금 쌓여 있다. 자단(紫檀) 책상이 하나. 엄청나게 더운데도 미닫이문이 닫혀 있다. 갓이 없는 전등이 너무 어둡다.

멀리 떨어져 앉아 있어서, 이쿠다 씨는 굉장히 말라 보인다. 마흔 살 정도 된 사람인 것 같다.

뭐랄까 이쿠다 슌게쓰란 사람을 찾아가야겠다고 생각했다. 할머니인 듯한 사람이 차를 가지고 왔기에, 나는 훌쩍 마셨다.

병이 있는 사람을 모욕해서는 안 된다고 생각했다.

시 원고를 맡기고 돌아왔다.

어떻게든 되겠지. 아무것도 안 된대도 그만이다.

우에노 히로코지(廣小路)의 맥주 일루미네이션이 어두운 하늘에 거품을 뿜고 있다. 보단(寶丹) 광고등도 눈이 부시다.

팥빙수 한 그릇 드려요라는 탁한 목소리에 이끌려 5전을 주고 팥빙수를 먹었다. 밤의 상점들이 떠들썩하다.

수중화, 나프탈린 꽃, 서스베린다, 로샤반, 만능 무우조각, 계란 거품기, 헌 책방의 빨간 표지 크로포트킨,[114] 파란 표지의 인형의 집. 홀홀 책장을 넘기자, 마쓰다 스마코가 두꺼운 화장을 하고 무대에 선 모습을 찍은 사진이 나온다.

밑반찬 가게인 슈에쓰(酒悅) 앞에는 검은 산 같은 사람의 무리. 인도인이 바나나를 싸구려로 팔고 있다.

도미야(十三屋)의 빗가게 앞에서 엔카시(艷歌師)[115]가 바이올린을 켜고 있다. 녹음 짙은 오늘의… 두견의 노래[116]다. 너무나 오래된 노래를 부르고 있다.

잠시 멈춰서서 듣는다. 처녀티를 벗은 이초가에시로 머리를 올린 여자가 곁에 서 있다. 옛날, 사세보(佐世保)에 있었을 무렵, 나는 이 노래를 들은 일이 있다. 유혹될 만큼 그리움을 느낀다.

엔카시가 불러 줄 만큼 좋은 소설을 쓰고 싶다. 그렇지만, 소설은 장황해서 거추장스럽다. 루파시카를 입고, 끈을 앞으로 길게 묶고 있는 엔카시의 네모난 얼굴이, 문장 클럽의 사진에서 본 무로 사이세(室生犀星)라는 사람을 닮았다.

골목으로 들어서자, 목욕탕에서 돌아오는 아래층 아줌마를 만났다. 아주머니는 밤에 빨랫감을 말리고 있었다.

"방 값, 어떻게 좀 해 줘요 정말 곤란하니까 말야…"

예예, 나도 정말 어려워요 사실 말이지, 나도 여태 고생하고 있어요 하고 말하고 싶었다.

내일은 다마노이(玉の井)[117]에 몸이라도 팔까 생각한다.

(5월 x 일)

벌레가 울고 있다.

파릇파릇 소리를 내며 푸른 잎이 돋아날 것 같은 느낌이 든다. 한밤중이다. 유부초밥을 팔러 온다. 소리가 가까워졌다가 멀어져 간다. 기쓰네(狐) 초밥은 맛있겠지. 새콤달콤한 유부 속에 가득 채워 넣은 밥, 뚝뚝 국물이 떨어질 듯한 박고지와 바꿀 수 있을 것 같은 오비.

아래층에선 노름판이 시작되었다.

　고기의 뼈의 뼈

　물살에 방울져 떨어지는 절벽 끝의 풀

고기의 뼈의 뼈
고사리 색깔 구름 사이에 떠 있는 재
안녕하세요 하는 강 아래의 인사
민(悶)이라는 글자, 여자의 글자
민은 허벅지 속에 있다
간들간들 냄새나는 허벅지 속에 있다
민이라는 글자여.

고기의 뼈의 뼈
활을 당겨 받드는 일필(一筆)
고기의 뼈의 뼈
되돌아오는 애정
수(愁)라는 글자, 그 글자
천하의 인간들이 입에 담는다
창자 속에 있다
우수의 바다에 가라앉는 배여.

일절무아!(一切無我)

이 거리에 여러 사람들이 모여든다

굶주림에 추락한 사람들
위축된 얼굴, 병든 육체의 소용돌이
하층계급의 쓰레기터
천황 폐하는 미치셨다고 한다
앓는 자들만의 도쿄!

한층 무서운 바람이 분다
아아, 어디서 불어오는 바람인가!
정사(情事)는 넘쳐난다, 곰팡이가 슨다
아름다운 사상이라든가
선량한 사상이란 게 없다
두려워하며 살고 있다
모두 무언가 두려워하며 살고 있다

빈틈으로 보이는 핼쑥한 천사
이상한 무한(無限)…
신비스럽게도 폐하는 미치셨다고 한다
빈약한 행위와 범신론자의 냄비
속속 모여드는 사람들
뭔가를 저지르러 오는 사람들
거리의 큰 시계도 미치기 시작했다.

(5월 × 일)

비.

위고의 레미제라블을 읽는다.

나폴레옹은 영웅이고 워터루 배경을 금방 눈에 떠올릴 정도로 훌륭한 위인이라고 생각했지만, 공화제를 뒤집어엎고, 나폴레옹 제국을 세운 모순이 이상하게 마음에 걸린다. 이런 세상 속에서 단지 빵 한 쪽을 훔친 남자가 19년이나 감옥에 갔다는 것도 묘하다.

빵 한 쪽 때문에, 19년의 감옥생활을 참아낸다, 인간도 인간, 세상도 세상 나름인가.

과자집에 가서 1전짜리 사탕을 5개 사 왔다.

거울을 본다. 사랑스럽지만, 되는 게 없다.

갑자기 기름을 발라 머리를 붙여 본다. 열흘 남짓 머리를 올리지 않았더니, 머리 가죽에 신경이 쓰여, 어쩔 수가 없다.

다리가 퉁퉁 부풀어올랐다. 각기병 때문에 누르면 쑥 들어간다. 보리밥을 듬뿍 먹으면 된다. 듬뿍 먹는 것이 문제다. 듬뿍 말이지….

나폴레옹 같은 전술가가 태어나, 이런 사람이건 저런 사람이건 10년 이상 감옥에 보낸다. 국민은 마치 주판알 같다. 불행한 국민이여. 아침부터 밤까지 먹는 것만을 생각하는 것

도 슬픈 생활 방식이다. 대체, 나는 누구인가? 무엇인가. 어째
서 살아 움직이고 있는 것일까.

삶은 달걀 날아오너라.
팥소 넣은 붕어빵 날아오너라.
딸기 잼 바른 빵 날아오너라.
호라이켄(蓬萊軒)의 라면 날아오너라.

아아, 메밀국수 집의 끓인 국물이라도 공짜로 얻어 마시
고 올까. 위고를 팔기로 했다. 50전이라도 받을 수 있을까….
양심에 필요한 만큼의 만족을 헤아려 내든가, 식욕에 필
요한 만큼만의 돈을 마련해 살아가는 것만으로도 삼가 입을
다물고 머리를 조아리옵니다.
나폴레옹 왕정 하의 천재에 대하여.
어떤 약장수가 군대를 위하여, 골판지 구두밑창을 발명해,
그것을 가죽이라고 팔아 40만 리블의 연금을 얻었다고 한다.
어떤 승려의 목수리가 콧소리라서 대사교(大司敎)가 되고, 행
상인이 창녀와 결혼해서, 칠팔백만이란 돈을 벌었다. 19세기
가 한창일 때에, 프랑스 수도원은 태양을 향한 올빼미에 지
나지 않는다는 따위… 3번의 혁명을 거쳐 파리는 또 희극의
재연.

나는 오늘 지금부터, 이 위대한 위고의 『레미제라블』과 헤어져야 한다.

천재란…, 보잘것없는 일본에는 없습니다. 괴짜가 있을 뿐. 아무도, 천재 같은 건 본 적이 없다. 천재는 사치스런 물건 같은 것이다. 일본인은 미치광이만을 익숙하게 봐서 장사지내는 것밖에 할 수 없다.

가여워라, 정신이 이상하시다는 폐하도, 사실은 천재일지도 모른다. 둘둘 칙서를 말아, 안경 삼아 신하를 보신다는 전설도 있지만, 슬픈 폐하시여, 당신은 슬픈 탓에 정직한 천재입니다.

종일 비가 내린다. 알사탕과 다시마로 덧없는 생명을 잇는다.

(5월 x 일)

'장마를 보았다'를 이쿠다 씨에게서 돌려받았다. 햇빛을 쬔다. 햇빛을 쬐면, 종이는 금방 동그랗게 말린다.

시는 죽음으로 통하는 것이겠지. 그래 답장이 없다는 건 비겁한 미련….

『소녀』라는 잡지에서 원고료 3엔을 받았다. 반년이나 이

전에 갖고 간 원고가 10장, 제목은 '콩을 보내는 역의 역장님'. 1장에 30전이나 받을 수 있다니, 나는 세계 제일의 부자가 된 것 같은 기분이 들었다. 시집 같은 건 아무도 거들떠보지 않는다.

방세 2엔을 낸다.

아주머니는 갑자기, 방긋방긋 웃는다. 편지가 와서 도장을 찍는다는 건 축제처럼 중요하다. 서 푼 반의 효용. 살아 있는 것도 그다지 나쁘지 않다.

갑자기 서둘러 동화를 쓴다.

감귤 상자에 신문지를 바르고, 보자기를 압정으로 고정시켰다. 상자 속에는 잉크도 위고님도 흙냄비도 생선도 같이 있다. 쥐노래미를 한 마리 산다. 쌀을 한 되 산다. 목욕을 한 탓인지, 야스후쿠(安福)비누 냄새가, 피부에서 폴폴 난다. 무슨 이유도 없이, 비누 냄새를 맡고 있으니, 프랑스에 가 보고 싶다는 생각이 든다.

일본보다는 살기에 맘 편한 곳이 아닐까… 꿈을 꿀 만치 그리운 데는 어찌할 수가 없다. 고양이가 기차를 타고 싶다는 것과 같다.

내 펜은 이상한 펜.

나는 지도 같은 것을 그려 본다. 먼저, 조선까지 건너가, 그러고 나서, 하루에 30리씩 걸으면, 언젠가는 파리에 도착

하겠지. 그 사이, 먹지도 마시지도 않을 수는 없으니, 나는 일하면서 가야 한다.

다소 피곤해진다.

밤, 쥐노래미를 구워서 오랜만에 밥을 먹는다. 눈물이 흐른다. 평화로운 기분이 되었다.

(5월 x일)

비릿한 바람이 분다.
신록이 싹트고
새벽의 희뿌연 왕래가
석유 색깔로 빛난다.
너무나 조용한 5월의 아침.

많은 꿈이 피어오른다
두개골이 웃는다
죄수도 살인도 애인도
지옥문으로는 같은 일행
모두 서로 괴롭히는 게 좋다
서로 꾸짖는 게 좋다

자연이 인간의 생활을 정해 주는 거야

이봐 그렇지?

꿈속에서, 알지도 못하는 사람을 만난다. 여관방 잠자리에서 하얀 시트 위에, 해골로 된 남자가 자고 있다. 나를 보자 손을 뻗는다. 나는 조금도 무서워하지 않고, 옆에 가서 누웠다. 나는, 요염하기까지 하다.

눈을 뜨자 기분 나쁜 생각이 들었다.

이불 속에서 시를 쓴다.

낫토[118]장수 아주머니가 지나간다. 얼른 낫토 파는 아줌마를 2층에서 불러 세우고 아래층으로 내려가니, 비가 그친 탓인지, 번쩍 하고 석유 색깔로 길이 빛난다. 아직 일어난 집도 그다지 없다. 참새만이 바삐 석유 색깔 길에 내려와 놀고 있다. 어디선지, 비둘기도 왔다. 밤꽃 냄새가 심하게 풍긴다.

낫토에 겨자를 같이 샀다.

나는 요즘, 이제 나에 대해서만 생각한다. 가족이 있는, 따뜻한 가정이란 건, 몇 만리 앞의 일이다.

마음속으로, 몰래 신을 증오한다. 속 편히 죽어 버리고 싶다고 말하는 그런 여자가 있다. 그게 나다. 정말 죽고 싶다고는 생각지 않지만, 마치 토끼가 한숨 자는 것처럼, 죽고 싶다고 맘 편히 말해 본다. 그러고 나면, 어쩐지 맘이 편해진다.

개운해진다는 건 가장 돈이 들지 않는 유쾌함이다.

죽는다고 하면, 금방 슬퍼져서, 어쩐지 견딜 수가 없어진다.

뭐라도 할 수 있을 것 같은 생각이 든다. 용기로 머리가 풍선처럼 부풀어 온다.

낮부터 만초호(万朝報) 신문사에 간다.

아직 담당자가 나오지 않았다고 해서, 회사 앞의 조그만 밀크 홀에서 우유를 한 잔 마신다. 인력거가 간다. 자동차가 간다. 낮이라, 빨간 칠을 한 상자를 산처럼 어깨에 메고, 국수 장수가 간다. 확 하고 보이는 사람의 왕래를 보고 있으니, '폐가 노래한다' 같은 시를 가지고 걷고 있는 내가 싫어졌다. 아무도 모르는 곳에서, 혼자 발버둥치고 있을 필요는 없다. 먼저, 엄청난 졸작인 데다, 바로 지금, '폐가 노래한다' 따위를 생각하는 사람이 있겠는가… 공기를 호흡한다는 것 따위는 아무래도 좋은 것이다.

아아, 돈만 있으면, 1,000페이지짜리 시집을 출판해 보고 싶다. 친구도 없다. 돈도 없다. 단지, 거북이 새끼같이, 느릿느릿 양지를 향해 걸어다니고 있다. 마치, 나는 거지같이 불쌍하다. 아무도 은혜를 베풀지 않는다. 상대조차 주지 않는다. 아아, 깜짝 놀랄 만한 풍경 속에서 지폐가 떨어지지는 않을까. 1,000페이지짜리 시집을 내주지! 제목은 남자의 뼈, 좀더 끔찍한 제목이라도 좋다.

이름도 없는 여자의 시 같은 건 안 사 줘도 괜찮다. 지금 1,000페이지짜리 시집을 출판하자. 마치 불단(佛壇)같이 금박 번쩍이는 시집! 철벅철벅 처바르고, 아름다운 그림도 넣고, 거기다 덤으로, 시집용 오르골도 붙여서 말이지, 먼저, 아름다운 소리 속에서, 시가 튀어나오는 걸로….

기상천외 시집이라는 걸 내고 싶다. 어딘가에, 색을 밝히는 돈 많은 부자는 없을까. 1,000페이지짜리 시집을 내준다면, 나는 발가벗고 물구나무서기를 해 보여도 좋다.

나는 언제나 신문사에서 돌아올 때면 슬퍼진다. 넓은 사막에서 길을 잃은 것처럼 의지할 데가 없는 것이다. 횡횡 하고 바람 부는 사이를 나 혼자서 걷고 있는 것 같은 기분이 든다. 귀신이라도 좋으니 만나고 싶다. 떨린다. 걸으면서 울고 있다. 눈물은 이상한 것이다. 단지 물, 미적지근한 물, 마음이 몽땅 마비되어 버리는 물, 사람의 정(情)처럼 위로해 주는 물, 과장(誇張)의 물, 걸으면서 우는 건 정말 괜찮다. 바람이 금방 말려 준다. 손수건도 필요 없다. 소맷자락을 더럽히지도 않는다.

나베초(鍋町)의 문방구에서 하트론 봉투도 사고, 우체국에서 봉투를 써서, '폐는 노래한다'를 아사히(朝日)신문에 보낸다. 어떻게든 되겠지 하는 상상의 용기다.

울면서 걸었기 때문에 뺨이 당기는 것 같다. 향기로운 문학적인 크림 같은 건 없나. 오랫동안 크림이고 분이고 바르지 않았다.

　과일 가게엔 버찌가 한창 나와, 접시 가득 담아 10전.

　아사쿠사에 간다.

　자꾸 음식점에만 눈이 간다. 효탄(瓢簞)연못 근처에서 삶은 달걀 두 개를 사 먹는다. 크누트 함순의 『기아(飢餓)』라는 소설을 떠올렸다. 대낮부터 붙어 있는 일루미네이션과 악대, 여러 가지 색깔로 내걸어 놓은 흥청거림. 세 집 모두 10전 남짓, 오페라에, 활동사진에, 나니와부시. 여기만은 만원이니 성공이다.

　나는 갑자기 공무원이 되고 싶다고 생각했다.

　하얀 망토를 입은 이반 모주힌. 상당히 좋은 남자다. 이반 모주힌은 디스템퍼로 여자같이 조금 모양을 내고 있다. 영화는 한동안 본 적이 없다.

　달걀 먹은 트림이 나온다.

　우체국에서 보낸 시는 아직 도착하지 않았겠지. 되돌려 받으러 가고 싶어졌다. 시를 쓴다는 것이 인생에 무슨 필요가 있는 것일까… 빨리 처리하도록. 뭐라 이렇다 할 게 없다. 휭 하니 어디까지고 맑은 하늘. 나는 밤이 좋다. 나는 밤처럼 빨리 나이를 먹고 싶다. 빨리 서른이 되고 싶다. 장의사의 마누라가 되어 향냄새 지독한 밥을 먹고 있을지도 모른다. 그렇지 않으면, 가난한 외과 의사인 젊은 학생과 동거하며, 산 채로 해부를 당해도 좋다. 난 말이지, 이 세상이 괴로워진 거다. 뱃속을 열 십자 모양으로 갈라 창자를 집어내면, 구더기가 줄지어 있었다고. 난 아무래도 시궁창 속에서 태어난 겁니다. 가련하게 생각할 건 없어요. 어디에나 있는 흔한 여자니까. 손으로 집어먹는 걸 좋아하고, 비극을 좋아하고, 거드름 피우는 인간을 너무나 싫어하고…. 그렇지만, 거드름 피우는 인간이라도, 여자랑 자는 거 아닌가. 같은 얘기겠지만, 의식주가 모자라면, 첫째, 물품이 필요하다.

아사쿠사는 좋은 곳이다.

모두가, 뭔가 열중해 있다. 몸 전체가 생생히 살아 있다. 일루미네이션이 점점 뚜렷해진다.

누구에게나 공통적인, 자연스런 마음을 놓아두는 곳이다. 세모난 산 모양으로, 황색으로 바른 5전 짜리 아이스크림. 이야, 차가운 아이스크림! 그 옆에는 항아리 굽는 곳. 오뎅 가게 주인은 수북이 쌓인 간모도키[119]를 손으로 집어들고 있다.

성호를 긋는 방법은 모르지만, 아, 신에게 빌고 싶어진다.

몸과 마음을 다해 여호와여.

푸쉬킨은 좋은 시만을 쓰셨다. 그리고, 사람의 넋을 빼앗는 거다. 나로 말할 것 같으면 역겨워서 봐 줄 수가 없다.

모두 자기 자신이 잘났다고 생각한다. 누구든지 자기에게 너무 도취되어 있다. 남의 일은 보이지도 않는다. 그러니까, 남에게 구걸하는 듯한 시를 쓰면 안 된다. 피곤해서 녹초가 된 데다, 세탁할 비누도 없다.

집에 돌아가고 싶지 않다.

밤새도록 아사쿠사를 걷고 싶다.

가네쓰키도(鐘撞堂) 뒤에, 작은 여관이 많이 늘어서 있다. '이봐 이수일 같은 애인이 없나?' 혼자서 멍하니 걷고 있는 내게, 여관 주인이 말을 건다.

"열 일곱, 여덟 되었나?"

나는 우스워졌다. 아사쿠사에 밤이 왔다. 모두가 생생하게 빛난다. 악대가 울려 퍼진다. 바람은 정말 청량하고, 내 가슴은 한 근은 되는 듯 무겁다. 감성의 착각. 흘끗 보았지만, 이 처녀, 팔 수 있겠다는 표정을 하고 있다. 야스키부시(安來節) 간판에 기대어 쉰다. 무척 쾌활하게 보통 이상으로 신경 쓰며 바닥에 발을 굴리는 소리. 휘파람을 불고 있는 무리. 앗싸 앗싸 그 소프라노 합창. 일본 노래는 원시적이고 육체적이다. 열중해 있다. 그 모두가, 모두가 열중해 있다.

고이노보리[120]같이 부풀어 올랐다. 조심해서 입어야 되는 바지는 싫어서 시타오비 하나로 걷고 있다. 원래 원시적인 민족이지만, 염증이 조금 생겨 물집이 잡히게 된 것이다.

부풀어오른 건 별것 아니에요. 네, 연고로 가라앉히면 돼요…. 고뇌를 팔아 보니, 원래가 허위의 문명. 무엇보다 일루미네이션의 빛이 무자비하다. 가죽을 찢는 바닥의 바닥까지 꿰뚫는 묘한 빛이다. 미인이 조금도 미인으로 보이지 않는다. 빛의 공간. 숨가쁜 광채의 파도 속에서, 사람은 서로 밀치락 대고 있다. 나도 밀치락 대고 있다.

과연, 일본은 황금의 섬!

(7월 x일)

산만큼 두꺼운 노트는 없을까. 베개같이 쓰는 노트

머리 속에 고여 있는, 그 모두를 빼곡이 넣어 달아나지 못하게 하고 싶다.

어머님. 사생아는 힘이 빠지지 않습니다. 이제 성가신 일은 생각하지 맙시다. 아무리 가문이 좋다고 해도 영락해서 비실비실하는 귀족도 있습니다. 귀족이란 문장(紋章) 같은 문장. 파란 문장은 훌륭하다고 합니다만, 나는 역시 국화나 오동나무 문장이 좋습니다.

나는 부러진 연필처럼 나뒹굴어 잔다.

세상은 여러 가지 일로 시끌벅적하다.

주니소(十二社)의 연필 공장 수차 소리가 덜컥덜컥 귀에 들린다. 시원한 바람이 불고 있는데도 나는 다다미에 뒹굴고 있다. 단지, 멍하니 슬퍼질 뿐이다. 사실은 전혀 죽고 싶지 않으면서, 나는 죽을지도 모른다고 하는 편지를 그 사람에게 쓰고 싶어졌다.

조금도 죽고 싶지 않으면서, 죽고 싶다는 생각을 할 때도 있다. 공상이 코끼리처럼 커진다. 코끼리가 물집이 되어 비틀비틀 헤매고 다닌다.

어딘가에서 연어 굽는 냄새가 난다.

그 사람이 달려와 줄 것 같은 긴 편지를 쓰고 싶지만, 종이도 잉크도 없다. 신주쿠 고슈야(新宿 甲州屋) 진열품 중에 만년필이 전신주처럼 불쑥 눈앞에 떠오른다. 2엔 50전이었던가. 종이는 반들반들 자유자재, 이쪽은 극빈. 아아, 탐욕이 아닙니까.

맴맴 하고 매미가 울어댄다.

방안을 둘러본다. 곰팡이 냄새. 도코노마도 없을 뿐더러, 선반도 받침도 없다. 이런 더위에 어머니는 플란넬 옷을 입고 있다. 물이 바랜 플란넬 옷을 입고도 덥지 않은 듯, 쓱쓱 양배추를 썰고 있다. 방구석에 도마를 놓고, 정말 아름다운 모습이다.

우리들은 양배추만 먹고 있다. 소스를 뿌려 고기 없이 양배추를 먹는다. 그건 말이지, 그냥, 환상의 요리. 꿈속의 사건

이야. 분쇄기도 본 적이 없어. 생선은 물론, 생선 가게 앞은 눈을 감고, 숨을 죽이고 지난다. 쥐노래미에, 도미에, 고등어에, 벤자리, 맛있는 가다랭이. 프랑세 마마이라고 해서, 때때로 내게 밤에 얘기나 하려고 오는 피리 부는 아저씨가, 아아 알퐁스 도데는 부자 소설가일 거라고 한다. 도데의 소설 '풍차 오두막 소식' 이야기는 사치의 극치라, 주니소의 때묻지 않은 풍차 오두막과는 너무나 분위기가 다를 것이다. 하이쿠(俳句)라도 지어 보고 싶어지지만, 아무래도, 센류(川柳)[121) 비슷하게 되어 버린다. 부는 바람을 맞기만 해도 하이쿠를 짓고 싶어진다. 매미 소리를 듣기만 해도 아아 하고 하품이 나온다.

　자, 슬슬 시간이 왔습니다.

　가구라자카(神樂坂)에 야시장 가게를 내러 나간다. 초가집 이발소 주인에게서 우비를 빌려 연어구이집 옆에 가게를 연다.

(7월 × 일)

아침부터 비.

어쩔 수 없이 어머니와 목욕탕엘 간다. 옷을 벗으면 나는 힘이 솟는다. 후지산을 페인트로 그린 그림이 축 처진 막을 친 것 같다. 소나무가 네댓 그루 서 있고, 그 옆에 화왕(花王) 비누 선전.

배가 커다란 못생긴 아줌마가 한 사람, 거울 앞에서 콧노래를 부르고 있다. 어째서, 저렇게 무턱대고 배가 튀어나온 건지 나로선 알 수가 없다. 어떤 탄력으로, 저런 배가 된 걸까. 그렇지만 보고 있으니 꽤나 귀엽다. 몇 번이고, 동그란 배에 따뜻한 물을 붓고 있다.

누군가가 휘파람을 불면서 창 밖을 지나고 있다. 의붓아버지는 홋카이도(北海島)에 간 뒤로 소식이 감감. 뭐 그리 좋은 일은 아닐 것이다. 나도 휘파람을 불어 본다.

아, 그건 그 사람이던가. 노래를 하다 보니, 여학교 시절 일이 갑자기 그립게도 머리에 떠오른다. 다카라즈카(寶塚) 가극학교에 가 보고 싶다는 생각을 한 적도 있었다. 시골 변두리의 공무원이 되고 싶다는 생각을 한 적도 있었다. 첫사랑의 남자는 동창 간호사와 살림을 차려 버렸다.

여기서 오노미치는 몇백 리나 되는 먼 곳이다. 마치, 버려지 같은 생활이다. 도쿄에는, 좋은 일이 가득히 있으리라 생각했지만 아무것도 없다.

발가벗고 있을 때가 가장 행복하다.

어머니는 목욕탕 구석에서 쪼그리고 앉아 빨래를 하고 있다. 나는 욕탕 속에서 턱까지 물에 잠그고 휘파람을 분다. 아는 노래는 모두 불렀다. 마지막에는 멋대로 지어 불렀다. 제멋대로 부는 쪽이 역시 흥이 나고, 애절하게 슬퍼진다. 어젯밤 읽은, 유진 오닐[122]의 『긴 귀항로』 중에, "이븐, 자네, 딸아이를 만나고 싶다고 신음했었지. 그래놓고는, 딸아이가 왔을 때는, 자넨 돼지 우리의 돼지같이 소리를 질러 대기만 해"라는 구절을 생각해 냈다.

　나는 딸은 아니지만, 뭐랄까, 딸 같은 기분이 되었다.

　밤, 심한 폭풍우로 변했다.

　전등을 낮게 내려, 작은 주판을 튕긴다. 아무리 주판을 튕긴대도, 돈이 나오는 것은 아니다. 어머니는 연필에 침을 묻혀가며 장부 정리. 아무리 주판을 놓아도 근본적으로 멍하니 건성으로 하는 탓인지, 언제나 이렇게 계산에 집중이 안 된다. 틀리기만 할 뿐이다.

　그렇지만 그냥 육친이 한 사람 곁에 있는 것은 시끌하니 좋은 것이다.

　이봐 하나(花) 씨, 네에…. 나는 목이 길어 자유롭게 움직이는 괴물 여자다. 어디라도 자유자재로 목을 뻗는다. 기름도 핥으러 간다. 남자도 핥으러 간다.

(8월 x일)

만세이바시(万世橋) 역에 간다.

빨간 기와의 더러운 건물. 히로세(廣瀨)중좌 동상이 비에 젖어 있다.

만소(万惣)의 과일 가게에서, 수박이 새빨갛게 눈에 들어온다. 나는 역 입구에 서서 하얀 앞치마를 들고 서 있기로 되어 있다. 어떤 남자가 어깨를 두드릴지 알 수 없다. 후타바(双葉)극단 지배인이란 사람은, 어떤 모습으로 전차에서 내려 다가올까.

오래된 연못에 개구리 뛰어드는 물소리.[123] 나는 그 개구리야. 별 수 없으니까 오래된 연못에 첨벙 들어가는 거야. 어려운 일 따위는 생각하지 않아. 그냥, 첨벙 하고 뛰어드는 것일 뿐.

안경을 쓴 키 큰 남자가 내 앞을 지나, 또다시 힐끗 뒤돌아 섰다. 꽤나 자신있는 복장. "광고를 본 사람?" "예, 그렇습니다." 그 남자는 걷기 시작했다. 나도 개처럼 그 남자의 뒤를 따라갔다. 설마, 내가 야시장에 가게를 여는 하찮은 여자라고는 생각할 리 없다. 나는 오늘은, 깜짝 놀랄 만큼, 분을 희게 바르고 왔다. 시골 처녀 상경하는 그림이다.

빗속을 스다초(須田町)까지 걸어서, 작은 밀크 홀에 들어간다. 이 남자도 별반 돈이 있을 리가 없다.

후타바극단은 시골을 순회하며 연극을 한다고 한다. 여배우가 적어서, 지금부터라도 연습에 들어가도 좋겠다고 했다.

하얀 손수건이 가슴 포켓에서 삐져 나와 있다. 왠지 기억에 안 남는 희미한 인상의 남자다. 싫은 느낌이 직감적으로 가슴에 전해져 왔다. 어떤 일이건 참겠지만 이런 남자에게 속는 건 싫다. 월급은 일하기에 달렸다고 하지만, 나는 바깥의 비만을 보고 있었다.

5전짜리 우유는 2잔 마셨다. 나는 우유를 일부러 마시고 싶지는 않다. 막 구워 낸 커틀렛을 먹고 싶은 걸.

내가 이력서를 내자, 그 남자는 담배로 더러워진 손가락으로, 슥 펼쳐 포켓에 집어넣었다. 이력서보다도, 그 남자는 내 몸이 필요했는지도 모른다.

보일 유카타에 우산을 든 너덜너덜한 여자의 모습이 이 남자에게는 오히려 좋을 것이다. 간다(神田) 미사키초(三崎町)의 호텔에 사무소가 있다고 해서 갔지만, 나온 가정부는 손님이 처음 온 것 같은 얼굴을 했다.

사무소란 상상 속의 사무소 아무것도 아닌 방의 모습은 묘하게 안정감이 없다.

그 남자는 거짓말만 하고 있어서, 나도 거짓말만 한다. 이 세상이란 제법 신통하지 않습니까.

연필 공장 수차 소리가 덜걱덜걱 귀에 들려 온다. 어떤 연극을 해 보고 싶은가 하기에, 사라야시키(皿屋敷)의 기쿠(菊)라는 역할. 돈도로 대사의 유미(弓). 그리고 카추샤 같은 것을 늘어놓아 본다. 예쁜 막이 보인다. 손님이 박수를 친다. 정 그렇다면 2층에서 편지를 읽는 가루(輕)역도 좋다. 기쿠지로(菊次郎)라는 여자역 배우의 아름다운 모습을 기억하고 있으므로, 나의 공상은 자유자재다. 기쿠지로건 마쓰스케(松助)건 사단지(左團次)건 이 남자는 아무것도 모른다.

함께 자고 싶다고 했지만, 나는 이제, 당신은 연기하는 듯이, 진실성이 없는 사람이라 마음이 내키지 않아서 싫다고 하고 일어났다.

느닷없이 나와 자고 싶다니 이상하지 않느냐고 하곤 얼른 계단을 내려오니, 가정부가 "어머, 메밀국수가 왔는데요." 하고 말했다. 자루소바의 붉은빛이 도는 둥근 사리가 겹쳐 놓여 있었지만, 빙긋 웃어 주곤 바깥으로 나왔다. 우산을 쓰는 것도 잊어버리고 빗속을 걷는다.

온통 전차 소리뿐. 사방팔방 전차의 신음 소리다.

발그레한 자루소바를 겹쳐 놓은 것이 너무나도 눈에 아른거려 사라지지가 않는다. 그 남자는 메밀국수 사리를 4개나 먹을까… 메밀국수가 먹고 싶다.

항구에 비가 내리듯, 어디선지 누군가가 노래를 불렀다.

묵직한 비. 혐오스런 비. 윤곽이 없는 비. 공상을 불러일으키는 비. 가난한 비. 야시장 가게문을 닫는 비. 목을 매고 싶은 비. 술을 마시고 싶은 비. 한 되 정도는 벌컥벌컥 술을 마시고 싶어지는 비. 여자조차 술을 마시고 싶어지는 비. 사랑하고 싶어지는 비. 어머니 같은 비. 사생아 같은 비. 나는 빗속을 그저 정처 없이 걷는다.

(8월 x 일)

    부르지 않고 놓아 두는 시는
    시도 되지 못한다 연기조차도

직업소개소의 긴 줄 속에 서 있으니, 여자란 깃발처럼 바람 부는 대로 내맡겨지는 존재 같다. 성급한 얘기지만, 길게 줄을 선 이 여자들도. 단지 좋은 생활을 할 수 있다면, 이 줄에 서 있지 않을 것이다. 뭔가 일이 필요하다는 생각으로 얽매어 있다.

실업은 정조가 없는 여자처럼 사람을 황량하고 엉망진창으로 만든다. 겨우 30엔이라는 월급에 익숙해지지 않는 것은 무슨 일일까. 5엔만 있으면, 아키다(秋田)쌀을 가득하게 1되

산다. 담뿍 밥을 지어서 단무지를 곁들여서 말이지. 소원이 래야 그뿐이죠. 뭐 어떻게든 안 될까요.

줄은 조금씩 줄어들고, 웃으며 나오는 사람, 실망하고 나오는 사람, 문 앞에 서 있는 우리들은, 조금씩 초조해졌다.

야채 도매상의, 단 두 명만을 쓰는 여사원 채용에 어림잡아 백 명 남짓이나 늘어서 있다. 겨우 내 차례가 되었다. 이력서와 비교하고서, 먼저, 용모, 솜씨가 좋은가 나쁜가로 결정된다. 한참 구경거리가 되고서는, 엽서로 통지하겠습니다 라는 대답. 이런 일은 매번 겪으니까 익숙해져 있지만, 어쩐지 재미없다. 선천적으로 불행하게 태어났다는 생각이 든다. 특별히 예쁘다는 건 그것만으로도 좋은 일이다. 내겐 아무것도 없다. 단지 튼튼한 육체가 있을 뿐.

살아 있어서, 먼저, 어떻게든 생활해 가려는 인간의 소중한 노동이, 언제나 끔찍하게 실패한다. 추락해 가는 데에 알맞은 레디메이드. 고용주에게는 비할 바 없이 날카로운 눈매가 있다. 이런 여자는 고용하지 않는다.

그렇지만, 만약 고용되어 30엔이나 월급을 받을 수 있다면, 나는 피를 토할 정도라도 열심히 일하고 싶지만….

인제, 날씨 좋은 날을 골라 야시장 가게에 나가는 게 싫어졌다.

정말 싫은 일이다. 흙먼지를 가득 들이마시고 눈앞에 멈

쳐선 사람을 슬쩍 쳐다보고 웃는 일 따위는 지긋지긋하다.
비굴해진다. 나는 무엇보다도 넓은 러시아에 가고 싶다. 바린,
바린. 러시아는 일본보다 넓을 게 틀림없다. 여자가 적은 나
라라면 얼마나 좋을까.

잉크를 사서 돌아옵니다.
어떻게든 만나 뵙고 싶습니다
돈이 있었으면 합니다.
그냥 10엔이라도 좋습니다..
마농 레스코[124]와, 유카타와, 게타를 사고 싶습니다.
라면을 한 그릇 먹고 싶습니다.
가미나리몬 스케로쿠(雷門助六)를 들으러 가고 싶습니다.
조선으로건 만주로건 일하러 가고 싶습니다.
단 한 번 만나 뵙고 싶습니다.
정말로 돈이 있었으면 합니다.

편지를 써 보지만 잘 안 된다. 그 사람에게는 이제 아내가
있다. 그냥 위로를 하려고 노래가사를 써 볼 뿐.
밤.
잠이 오지 않아, 전기를 켜고, 낡아빠진 유진 오닐을 읽는
다. 집주인인 목수가 밤새도록 대패로 깎아 장난감 팽이를

만들고 있다. 어느 누구든, 밤낮으로 일하지 않으면 먹고 살 수 없는 세상이다. 모기가 귀찮지만, 모기장이 없는 살림살이라, 접시에 톱밥을 넣어 연기를 낸다. 방안이 연기로 가득하다. 그런데도 모기가 있다. 튼튼한 모기다. 귀찮은 모기다. 어머니에게 유카타를 사 드리고 싶다는 생각을 하지만 어쩔 수가 없다.

(8월 x 일)

상쾌한 날씨다. 눈부시기만 한 푸른 주니쇼(十二社). 안장을 얹지 않은 말을 데리고 연못 주위를, 남자가 지나간다. 말이 땀에 젖어 비로드 같다. 맴맴 하고 매미가 울어 제친다.

얼음집의 깃발이 까딱도 않는다.

어머니도 나도 등에 잡화를 지고 걷고 있다. 너무 덥다. 도쿄는 더운 곳이다.

신주쿠까지 전차비를 아끼기 위해서, 나루코자카 미요시노(成子坂 三好野)에서 꼬치구이를 다섯 꼬치 사서 먹는다. 녹차를 몇 번이고 더 마시고 나니, 아아 조금은 행복하다.

오늘은 이름도 없는 어부로 방랑만 했고, 어릴 때는 대책 없이 못 말리는 악동이었고, 자라서는, 보나세아리스행 범선을 타고 난폭하고 모험에 넘치는 생활을 했다고 한다. 위대해지면 이런 신상 얘기도 아아 그런가 하고 생각한다. 나도 연극을 써 볼까나. 기상천외의 연극. 그렇지 않으면 눈물도 없는 녀석. 오늘이라고 해서, 언제나 슬프기만 한 것은 아니었겠지.

때로는 콧노래 섞인 팔자 좋은 때도 있었음에 틀림없다.

비틀비틀 짐을 이고, 자그마한 미인은 뜨거운 거리를 걷는다. 아무래도 좋은 것이다. 이미 자포자기한 것이다. 선명하게 길 위에 비친 그림자는 두꺼비같이 기고 있다.

가련한 어머니가 무슨 이유로 나를 낳았을까. 사생아라는 건 아무래도 괜찮은데, 어머니에겐 죄가 없다. 무슨 책망할 게 있는가. 세상 어딘가의 황후라 할지라도 사생아를 낳을 수도 있다. 세상이란 건 그런 거다. 여자는 아이를 낳기 위해 살아 있다. 어려운 수속을 밟는 것 따위는 생각지 않는다. 남자가 좋아하니까 몸을 맡겨 버리는 것이다.

가구라자카(神樂坂) 이발소에서 물을 얻어 마셨다.

오늘은 엔니치(緣日)[125]라 저녁부터 시끌벅적하다고 한다.

예쁜 기생이 많이 걷고 있다. 암거래상도 금붕어집도 나와 있다. 오늘은 수중화를 파는 아줌마 부근에 자리를 잡는다.

가게를 나와, 나는 우산을 꺼내고 돗자리 위에 앉는다. 무척 더운 석양이다. 석양은 어디에서 오는 것일까. 쨍쨍하게 내려쬐는 잔잔한 더위. 사람들이 많이 오가지만, 팬츠도 양말도 반바지도 그다지 팔릴 것 같지가 않다. 어머니는 시모타니(下谷)까지 심부름.

이치마쓰(市松) 종이 덮개를 붙인 벌레장수가 앞에 있는 철물점 가게 앞을 지난다. 약장사가 지나간다.

잘 닦은 음식배달 상자를 내려든 타올 유카타를 입은 남자가 자전거에 한 쪽 발을 걸쳐 페달을 밟으며 간다.

화려한 거리 풍경이다. 한 사람도, 우산을 받치고 쪼그리고 앉은 여자에게는 신경 쓰지 않는다.

염라대왕의 혀는 한 자
새빨간 석양
찌는 듯한 공기의 바다

슬픔이 배인 코 모양
그 맞은편으로 발사하는 하나의 화려함
달리 살아가려고도 생각지 않는다
단지 남에게 폐가 되지 않게 살고 싶다

불안한 저승길의 좁은 길목에서
있는 듯 없는 듯한 연기

짐작해 보는 것과 같은 방황도 없이
나의 청춘은 떨어져 재가 된다

진실을 말해 주세요
단지 그것이 알고 싶을 뿐이야
사람 같지 않은 사람과 그와 똑같은 흙먼지 속에
시력(視力)이 나쁜 무지개의 세계가
가득히 달팽이를 떨어뜨리고 있다
하나하나 굴러 떨어져 풀잎의 이슬로 변해
아득한 세계로 사라져 간다
나쁜 짓을 모의하는 건 별것 아닌 위태롭게 사는 방식
피와 냄새를 가지지 않은 달팽이의 세계
아아, 꿈의 세계여
꿈의 세계의 사치스런 사람들을 저주한다
아무 계기도 없는 뜨거운 석양의 공포.

　나는 빠삭빠삭 마르는 우산 아래서, 물끄러미 석양을 바
라보고 있었다.

(9월 x 일)

　음식점에 들어가서, 문득 눈에 띄게 더러운 젓가락 뭉치를 보자, 내겐 슬픔밖에 없음을 느낀다. 사람의 혀에 닿은, 여기저기 벗겨진 젓가락을 2개 빼서, 그것으로 정식을 먹는다. 마치 개 같은 모습이다. 더럽다는 생각조차 들지 않게 되었다. 인류도 존재하는 것은 아니다. 다만, 맹렬히 맛있다는 감각만으로 정어리 구이를 덥석 문다. 작은 접시 안에 물에 잠긴 푸성귀의 향내.

　늘 나는 불안하다. 천박하게 개처럼 기어 돌아다니는 주제에, 이제, 죽어 버리고 싶다고 생각하는 주제에, 누군가를 속이려 생각하고 있는 주제에, 내겐 아무 힘이 없다. 소매도 깃도 때가 묻어 반들반들하다. 차라리 발가벗고 걷고 싶을 정도이다.

　식당을 나와 도자카(動坂) 고단사(講談社)에 간다. 남루한 판자 울타리 안에서 웅성거리는 인간 군상을 보고 있으면, 묘하게도 들어가선 다리가 굳어 버리는 것 같다. 고단샤는 벼룩의 보금자리 같다고 생각한다. 문명이고 뭐고 없다. 단지, 더러워져서 날긋날긋한 긴 울타리에 둘러싸여 있다. 어제 하룻밤 만에 다 쓴 '새를 쫓는 여자'라는 원고가 돈이 된다고는 생각하지 않게 되었다. 나미로쿠(浪六) 씨와 같은 것을 쓰기엔 꽤나 인연이 먼 얘기다.

난 말이지, 하숙비를 지불할 수가 없다. 요즘 이삼 일은 하숙집 밥을 사양하고 먹지 않고 있다. 야담 같은 건 쓰지도 않는데, 나미로쿠 씨를 모델로 해서, 눈이 시뻘겋게 돼서 써 봤지만 결국은 돈 한 푼 되질 않는다.

빨간 우체국차가 간다. 무척 행복해 보인다. 저 속에는, 어음이 많이 많이 들어 있음에 틀림이 없다. 한 장 두 장 하늘하늘 춤추며 떨어져 내리지는 않을까.

고이시카와(小石川)의 하쿠분칸(博文館)에 간다.

어디 하고, 수위가 나오는 것 같다. 귀신집 같다. 시골 기생집의 대기실 같은 다다미 깔린 대기실로 안내받았다. 너무나도 피곤해 보이는 사람들이 제각각의 생각으로 기다리고 있다. 그 사람들이 멀뚱멀뚱 나를 쳐다본다. 마치 아기를 돌보는 사람처럼 가타아게가 있는 나를 이상한 듯 쳐다본다. 설마 '새를 쫓는 여자'라는 글을 쓴 사람이라고 생각할 리는 없다.

나는 이치요(一葉)라는 이름이 뭘까 마음에 든다. 오자키 고요(尾崎紅葉)[126]도 좋다. 오구리 후요(小栗風葉)[127]도 좋다. 모두 위대한 사람에게는 '요(葉)'라는 글자가 붙으니까, 나도 야담을 쓸 때는 고요(五葉) 정도로 해 둘까 하고 생각했다. 색 바랜 여름 하오리를 입은 키가 큰 사람이 나왔다. 나는 가슴이 두근두근해졌다. 오지 말 걸 하는 생각이 들었다.

조만간 보고 나서 답을 하겠다고 해서, 보잘것없는 원고는 누군지도 모르는 사람 손에 넘어가 버렸다. 서둘러서 하쿠분칸을 나와 깊은 숨을 쉰다. 이래도 아직 나는 살아 있으니까. 너무 괴롭히지 말아 주세요 신이여! 나는 정말 남자 같은 건 아무래도 좋아요. 돈을 가지고 싶어서 견딜 수가 없어요. 고리대금업자란 인간은 어느 동네에 사는 걸까. 식물원에 들어간다.

예쁜 석양. 급격히 떨어지는 하늘색. 나도 어쩌다 추락하는 신세. 우울한 공상의 불꽃놀이. 아아, 야담같이 바보 같은 것을 생각했던 것이다.

나무 그늘에서 밀짚모자를 쓴 나이든 여자가 유화를 그리고 있다. 꽤 잘 그린다. 한동안 넋을 잃고 보았다. 강한 기름 냄새가 난다. 이 사람은 만족스레 먹고 사는 걸까. 잔디밭에서 아이가 놀고 있는 그림이다. 주위에는 어린아이, 사람 하나 없지만, 그림 속에는 아이가 두 명 주저앉아 있다. 그림 그리는 사람이 되고 싶다.

하얀 싸리꽃이 피어 있는 곳에 눕는다. 풀을 뜯어 씹어 본다. 뭐랄까 수줍은 행복을 맛본다. 석양이 점점 불타오른다.

불행한가, 행복한가에 대해 생각한 적이 없는 생활이지만, 이 순간은 조금이나마 좋구나 하는 생각을 한다.

차분하게 풀에 배를 깔고 엎드려 있으니, 눈가에 눈물이 넘쳐 흐른다. 아무 생각도 없는 물 같은 것이지만, 눈물이 나면 너무나 고독한 기분이 된다. 이런 생활도, 대단한 고생이라고는 생각지 않지만, 하숙비를 낼 수 없는 것만은 괴롭다. 무한한 하늘 아래, 인간만이 허덕이며 죽어라 일을 하고 있다.

석양에 불타는 하늘은 아름다운데, 보잘것없는 인간의 삶에 아무런 아름다움이 없다는 건 슬픈 일이다. 헤어진 남자를 문득 떠올려 본다. 그 자식을 미워한 적도 있었지만, 지금은 그렇지도 않다. 미워하는 마음은 모두 잊어버렸다.

지금은 눈앞에, 아름다운 싸리꽃이 피어 있지만, 이제 겨울이 오면, 이 꽃도 바삭바삭 말라 버린다. 꼬락서니를 보라는 거다. 남자와 여자 사이도 그런 거겠지. 호토토기스(不如歸)의 요시코(浪子)[128]도 천년 만년 살고 싶다고 하지만, 너무나도 인간 세상을 모르는 말씀이다. 꽃은 일년 만에 시들어 가는데, 인간은 50년이나 장수를 하는 것이다. 아아 혐오스런 일이다.

나는 천황 폐하에게 상소를 해 보는 상상을 한다. 문득 나를 만나, 너무나도 내가 마음에 들어, 함께 좋은 곳에 가자고 말씀하시는 따위의 꿈을 꾼다. 꿈은 인간 멋대로의 자유다. 천황 폐하에게 차가운 술과 간모도키 오뎅을 드리면 맛있다고 하실 게 틀림이 없다. 나는 왜 일본에 태어난 것일까.

시칠리아인이 어떤 인종인지 본 적이 없다.

문득 쓰르라미가 울었다. 석양이 점점 기묘한 바람에 파래졌다.

(9월 × 일)

날이 밝았지만, 되는 게 없다.

어젯밤에는 경단을 팔기로 마음을 먹고는, 안심하고 잠을 잤지만, 이렇게 서늘해서는 경단을 살 리가 없다. 가사이 젠조(葛西善藏)[129]의 소설처럼 되는 게 없어질 것 같다. 나는 별로 술을 마시고 싶은 생각도 없지만, 살아갈 수가 없지 않은가 말이다.

랏교[130]와 달콤한 강낭콩을 먹고 싶다. 휘발유도 사고 싶다. 아침에 돌아오는 학생이 있는 듯 슬리퍼 소리를 내며 2층으로 올라가는 발소리가 들린다. 여기에서 요시와라(吉原)[131]까지 그렇게 먼 길일 리는 없다. 요시와라에선 여자를 얼마 정도에 사 줄까 생각해 본다.

그리고, 아침이 되면, 드디어 또다시 출발 준비. 참새가 잘도 지저귀고 있다. 더할 나위 없이 좋은 날씨. 유리창으로 감잎이 보인다. 부엌 쪽에서 작은 노래 소리가 들린다. 나는 문득 생각이 나서, 이 하숙의 가정부가 될 수 없을까 생각한다. 손님방에서 가정부방으로 전락해 갈 뿐이다. 급료는 필요 없다. 그냥 먹여 주고 비를 피할 수만 있으면 된다. 이 방에 먼저 살았던 제국대학 영문과생이 벽에 칼로 낙서를 해 놓았다. 에덴 동산이란? 나도 모른다. 이 잘난 척하는 사람은 낙제를 하고 고향으로 돌아갔다는데, 내겐 돌아갈 고향도 없다.

다다이즘 시가 유행하고 있다. 애들이나 속이는 시시한 시(詩). 말장난. 피가 흐르고 있지 않다. 몸을 던져 정직하게 말하지 못한다. 그냥 자포자기 할 뿐. 그래서 나도 지어 보려고 눈을 감고, 우산과 새라는 시를 지어 본다. 눈을 감고 있으니 암흑으로부터 반짝반짝 연상이 된다. 이상한 것만 생각한다. 먼저, 첫 번째로 냄새나는 추억이 생각난다. 그리고 싱거운 눈물이 코를 타고 흘러내린다. 악어에게 잡아 먹힌 것처럼, 소리 없는 비명이 나온다. 내 유방이 천근의 무게로, 우동가루 더미처럼 덮쳐 누르고 있다. 손톱에 하얀 별이 떠 있다. 좋은 일이 있을 거라고 하지만 믿지 않는다. 시트 같은 건 오랫동안 깔아 본 적이 없는 이부자리에, 나는 비릿한 잠을 잔다. 이것이 진실한 에덴 동산이다. 이불은 연극에 썼던 걸로 만들었다. 실로 애절한 캔버스 베드.

감화원 출신의 누구누구
용서해 주세요라는 말을 하루에 몇 번
주십시오라든가 주세요라든가
빗속에 서서 구걸하는 모습
불안한 신음
세상 누구와도 연락이 없다.

감화원 출신의 후미코 씨
당신은 인간이 얼음 덩어리 같군요
19세기 일본어의 달콤함에는
눈이 돌아가는군
인생이 위험하다구요?
뭘 말씀하시는지요.

감화원도 관립
제국대학도 관립
단지 그 정도의 차이지.

장지문이 조금 열렸다. 젊은 남자가 들여다본다 누구? 당
황해서 문이 닫힌다. 여기는 우체국이 아니라니까.
나랑 자고 싶으면 재깍 기어들어와.

일어나선 세수도 하지 않고 밖으로 나간다. 노란 페인트 차를 끌고, 의기충천한 우유 장수가 지나간다. 고학생치고는 너무 청결하다. 니시카타초(西片町)에 나간다. 슬슬 뜨거운 태양이 떠오르기 시작했다. 운전수집 앞의 공동수도에서 세수를 하고, 이어 물을 벌컥벌컥 마셔서 배를 채운다. 그러고 나서, 머리에도 물을 발라 손으로 다듬어 붙인다. 네즈(根津)에 돌아와 교지로(恭次郞) 씨 집에 가 볼까 하고 생각하지만, 세쓰(節)를 울려 놓을 애길 할 것만 같아 그만뒀다. 아침의 신선한 공기 속을 그저 벌레같이 걷는다. 대학 앞에 가 본다. 과일 가게에서는 사과를 닦아 광을 내는 남자가 있다. 몇 년 간 입에 댄 적이 없는 사과의 환영이 현실에서는 반짝반짝 동그라니 발그레하다. 감도, 포도도, 무화과도 녹색 물방울이 뚝뚝 떨어질 것 같은 냄새.

"사이얀카네, 닷사, 샤이얀카네, 온다붓데붓데, 온다, 랏단 타리라아아오오…."

타고르[132]의 시라는데 뜻도 모른 채 때로는 써 보고 나는 재미없을 때 읊는다.

다카하시 신키치(高橋新吉)[133]좋은 시인이야.

오카모토 준(岡本潤)[134]도 멋지게 좋은 시인이지.

쓰보이 시게지(壺井繁次)[135]가 검은 망토를 입은 모습으로, 뱀장어가 자는 곳 같은 하숙에 살며, 이 사람도 선량무비한 시인. 벌 같은 가로줄무늬 재킷을 입은 하기와라 교지로(萩原恭次郎)는 프랑스 풍의 정열적인 시인. 그리고, 모두 비할 바 없이 가난한 것은 나와 똑같다….

네즈의 곤겐사마[136] 경내에서 쉰다.

곤겐사마가 무슨 뜻을 기리고 있는 것인지 모른다. 단지 영험하다는 생각이 든다. 기분이 편안해진다. 비둘기가 있다. 지진이 났을 때, 여기에서 노숙을 했던 일을 떠올린다.

네즈의 곤겐 뒤쪽에 가다랭이포를 파는 커다란 가게가 있다. 이 집 아들이 네즈 아무개인가 하는 영화배우라고 한다. 아직 한 번도 본 적은 없지만, 필시 좋은 남자겠지. 센다기초(千駄町)로 돌아가는 모퉁이에, 작은 시계 집이 있다. 교네 집 앞을 지나 의전(医専) 쪽으로 비탈을 올라간다. 밤이 되면 여기는 귀신이 나오는 언덕길.

낮 안개, 향기로운 낮 안개
우리 엄마의 어깨에 낀 안개
손톱은 말하지 않는다.
태양도 눈부셔 낮 안개여
오리무중 속에서 헤엄친다.
창녀가 흐느끼는 안개

아아 산타 마리아
안장 얹지 않은 말의 피부를 감싸는 안개
낮 안개는 바트담배 은박지.
스사노오미코토의 사랑의 안개
돈도 없는 날 먼지의 비단
목화의 푸념이여
낮 안개 슬픈 낮 안개.

갑자기 사방의 초목이 이파리를 뒤집은 듯 묘한 하늘색이
되어, 안개 같은 것에 덮인 듯이 보인다. 비탈 중간의 전신주
에 기대 본다. 쉭쉭 하고 사방에 녹차를 끓이는 것 같은 소리
가 들린다. 한낮의 요괴인가. 나는 배가 고픈 거야.

갑자기 온몸이 떨린다. 어째서 살아 있는 게 좋은 건지 화
가 났다. 소리내어 울고 싶다.

야에가키초(八重垣町)의 청과상에서 옥수수를 두 개 사서
하숙집으로 돌아온다. 재빨리 방으로 가서 옥수수 껍질을 벗
긴다. 가득한 옥수수의 갈색 수염 속에서 상아색 알맹이가
나란히 드러난다. 굽고 싶군. 바삭바삭 구워서 간장을 발라
먹고 싶다.

하숙의 화로에다 종이를 태워서 끈기 있게 옥수수를 굽는
다.

(9월 x 일)

엄마에게서 10엔짜리 어음이 온다.

고마워라, 감사하게도, 모든 것에 나무아미타불이라고 말하고 싶은 기분이다.

억수 같은 비. 하숙집에 5엔을 준다. 점심밥을 날라다 준다. 자른 다시마를 튀긴 데에다 밀기울 맑은 장국. 조그만 밥통에 과분한 식사. 비를 보면서 혼자 조용히 식사를 하는 즐거움. 적이 수만 명 있다고 해도 이제부터 내 일에 전념하기로 단단히 마음을 먹는다. 식사 후에, 조용히 엎드려서 동화를 쓴다. 몇 개라도 쓸 수 있을 것 같은 기분이 들지만 좀처럼 써지지 않는다.

억수 같은 비는 서쪽으로 난 유리창의 창턱까지 몽땅 적셔서 강물같이 고인다.

저녁에도 하숙집의 밥.

곤약과 크로켓과 감자다시마 맑은 장국. 남은 밥은 주먹밥을 만들어 둔다. 밤이 깊어, 노무라 요시야(野村吉哉) 씨가 옷자락을 걷어올리고 놀러 왔다. 온몸이 몽땅 젖었다. 입술이 너무 빨갛다. 중앙공론에 논문을 썼다고 한다. 중앙공론이 어떤 걸까. 지바 가메오(千葉龜雄) 씨[137]가 아저씨뻘인가 해서, 이 사람을 소개했다 한다. 별로 잘난 사람이라고 생각지도 않지만, 존경하지 않으면 좋을 게 없다는 생각에서, 감탄하는 척한다. 엄청나게 담배를 피워 대는 사람이다. 4장 반 다다미방이 뭉게뭉게. 2층에서 만돌린 소리가 들린다. 부자에다 한가하기만 한 학생이 수두룩하다. 요시와라에 가는 학생도 있다. 당구장에 가는 학생도 있다. 하숙에서 떠받드는 학생은 언제나 금대야를 들고 목욕탕에 간다.

노무라 씨와 주먹밥을 나눠 먹는다. 삼각 달이라느니 별이라느니 하는 시를 읽어 주었지만, 명확하게 알 수가 없다. 시를 쓰는 데는 우는 것도 웃는 것도 정직하지 않으면 안 된다. 가난하대서 거짓으로 글을 쓸 필요는 없다. 하쿠슈(白秋)가 좋다니까 노무라 씨는 웃었다. 하쿠슈는 심약한 시인. 사람들이 그의 시를 많이 읊는다. 부엉이 집을 가진 시인. 규슈의 흙에서 태어난 시인.

12시경. 교(恭)네 집에 간다고 하니 노무라 씨는 또다시 옷자락을 걷고서 돌아갔다. 슬쩍 장지문을 열고 복도를 살피는 순간, 즐거워졌다. 무척 다리가 하얀 사람이다.

(10월 x 일)

시부야(澁谷)의 햣겐다나(百軒店)라는 찻집에서 시 전람회가 열렸다.

돈자키라는 재미있는 인물을 만났다. 비옷을 입고 의자 사이를 돌아다닌다. 종이가 없어서 신문지에 시를 써 붙인다.

감히 말씀드립니다.
저는 그냥 숨쉬고 있는 여자
백만 엔보다도 50전밖에 몰라
소고기덮밥은 10전
파와 개고기가 들어 있지요.
조그맣고 창녀같이
자주 울면서 화내기 일쑤.

아니 인제 됐어요
남자 같은 건 아무래도 좋아
서로 껴안고 자기만 할 뿐이지
15전짜리 잔 술
그릇에 놓아 두지만
더럽게 시세가 올라 세상을 속인다.
취해 버려도 좋을 기분
천 번 만 번 노래하고 싶은 거야.

어느 지방이던가
내 고향이란 없는 것인가.
포도 선반 아래 꼭 들러붙어서
들러붙어서
한 개의 파란 열매를 집어
너와 이야기해야지 하루 종일
하루 종일….

10시 귀가. 도겐자카(道玄坂)의 헌 책방에서 이바니에스의 메이플라워호를 산다. 40전 남짓. 역 근처의 선술집에서 아카마쓰 쓰키후네(赤松月船)와 술을 마신다. 다시마말이 2개와 잔 술. 무척이나 용감해진다.

하숙에 들어오니 12시. 조용한 현관에 커다란 금고가 놓여 있다. 저 속에 뭐가 있을까. 세면장에 가서 물을 마신다. 싸늘하니 차갑다. 귀뚜라미가 울고 있다. 문득 한심해졌다. 하루하루 하는 게 없다. 대체 어떻게 되는 건지 알 수가 없다. 시골에 한 번 돌아가고 싶다는 생각을 한다. 하숙을 나올 필요가 있다. 야반도주를 하려면 달아날 장소를 정해 두지 않으면 안 된다.

뒹굴면서 메이플라워호를 읽는다. 파선한 배의 술집이 무척 마음에 들었다.

(10월 x일)

　시인은 동족상잔의 공산당이다. 가진 것은 평등하게 쓴다. 빚도 그에 해당하는 것. 단순한 목적은 그냥 먹는 데 쫓겨서일 뿐. 목숨이 끊어지기 일보 직전에 우왕좌왕하기만 할 뿐. 천재는 한 명도 없다. 나만이 천재라고 생각하기 때문이지. 그런 우리들은 다다이스트기 때문에 단지 뭔가 느끼기 쉽고, 격렬해지기 쉬운, 신념을 입에 올리기 쉽다. 아무것도 아닌 주제에, 먼저 오감(五感)에서부터 출발하는 이외에 방법이 없다.

　바람이 부니, 여러 남자를 생각하게 된다. 누구에게 도망가면 좋을까 생각한다. 그렇지만 생각만으로는 아무것도 안 된다. 오직 용기다. 여하튼, 상대를 놀라게 하는 전술이니까 부끄럽다. 또 만돌린이 들린다. 조롱 속의 새가 훨씬 부럽다. 아아 미치광이가 될 것 같다.

　이렇게 동화를 쓰고, 야담을 써도 1전도 안 된다니. 잉크도 돈이 드는데.

　낮부터 바람 속을 일거리를 찾아 걷는다.

　아무것도 없다. 사람들이 모여 있다. 미인은 지천으로 많다. 그냥 젊은 것만으로는 안 된다. 간다(神田)의 헌 책방에서 이바니에스를 판다. 20전에 팔 수 있다. 40전이 20전으로 떨어져 버렸다. 구단(九段) 아래 노노미야(野々宮)사진관 옆의 조화 공장에서 여공 모집을 하고 있다. 어쨌든 재주가 없으니까⋯. 장미도 튤립도 잘못 만들 것 같다. 일당 80전은 나쁘지 않다. 불안할 때는 이상하게도 오기가 생긴다. 토할 것도 없는 묘하게 불안한 상태. 야스쿠니 신사는 영험하다. 먼저 공손하게 절을 하고 히토구치자카(一口坂) 쪽으로 걷는다.

아마테라스 오미카미[138] 무렵에는 이렇게 사람들이 남아돌지는 않았겠지. 미인도 득실거리지 않았겠지. 아마테라스 오미카미님은 발가벗고 바위 문에서 훔쳐보고 나오신다. 거울이나, 옥이나, 세날검(劍)은 어디서 구했을까 이상하다. 닭들은 어디에서 태어난 것일까. 아아, 옛날이 좋았음에 틀림없다.

넋을 잃고 볼 만큼 생선집의 생선이 싱싱한 계절이 되면 어김없이 가을 바람이 분다. 파도가 거칠든, 폭풍이 몰아치든, 생선은 육지로 쉴새없이 속속 올라온다. 가슴에 노란 줄무늬가 붙은 군복을 입고, 근위 기병대가 삼각 깃발을 세우고 바람 속을 걸어간다. 말도 먹고 있다. 기병대의 병사들도 먹고 있는 것이다. 어디서 거문고 소리가 들린다. 두부 집에서는 큰 냄비 가득 기름을 넣어 튀김을 만들고 있다. 짐차 가득 비지를 양동이로 떠서 싣는 인부가 있다. 술집 앞에 수돗물을 틀어 놓은 채 사환 아이가 1되들이 술병을 씻고 있다.

된장 통이 주르륵 늘어서 있다. 조미료랑 후쿠진즈케(福神漬) 젓갈이랑, 쇠고기 통조림이 나란히 진열되어 반짝이고 있다. 히토구치자카 정류소 앞 미요시노(三好野)에는 찹쌀떡(豆大福)이 산같이 쌓여 있다. 미요시노에 들어가 한 접시에 10전 짜리 찰밥과 찹쌀떡 두 개를 사고, 두 잔 가득 차를 마시고, 나는 벽의 거울을 들여다본다.

거북이랑 꼭 같다. 조금도 심각한 기색이 없다. 머리카락은 마치 가발 집의 간판처럼 붕붕 뜨고, 빈모(鬢毛)[139]가 모자라 틀어올린 머리가 풀어져 있다. 세기가 더해 갈수록, 사람이 크게 늘어난다. 비극의 둥지는 도쿄만이 아닐 것이다. 시골 소학교에서는, 피타고라스의 정의를 배우고, 춘희의 노래를 부르고, 초승달을 읽은 딸들이, 지금은 이런 모습으로 초연히 살아가고 있다. 찹쌀떡 가루가 입술 가득히 묻어, 마치 보모가 손으로 집어먹은 것 같다.

밤. 또 마음을 가다듬고 동화에 덤벼든다. 바람은 점점 심해진다. 잔뜩 취한 학생이 2층 복도에서 가정부를 놀리고 있다. 때때로 목소리가 낮아진다. 누군가가 2층에서 중간의 정원 쪽으로 소변을 보는 것이 보여 가정부가 안 돼요 하고 야단치고 있다.

양귀비는 바람에 미친다

건초 관 속에 엎드려 기는 애상
아래턱 밑으로 웃음을 따돌리고
가만히 숨을 죽이고 보는 것이 인생
산 저쪽 너머에는 구름뿐
가련히 바싹 마른 말의 구름을 타고
행복 같은 게 오리라 생각하는 게 잘못
지옥에 떨어져요 살아가고
지옥에 떨어져 기어다닌다
양귀비의 범위에서 떨어져 내린다
세상은 선의(善意)를 강요하는 고문대
운명 속에서의 교섭
가시투성이 청춘
남자가 나쁜 것은 아니다
모두 여자가 빼어나지 못해서다
제멋대로 자유 같은 게 있을 것인가
제멋대로 괴롭히는 호기심의 진열대
싸구려 견본품만이 늘어서 있다

밤이 깊어짐에 따라서 바람도 잦아지고, 일대가 다 평야
같다. 동화 속의 일본판 한넬[140]이 조금도 반응이 없다. 첫째
로, 나는 한넬 같은 조용한 소녀는 싫어한다. 그렇지만 일본

판 한넬을 쓰지 않는 이유는, 책방 주인이 인정해 주지 않기 때문이다. 한 장 30전의 원고료는 좋다. 10장 써서 미리 3엔. 열흘은 만족스럽게 먹을 수 있다. 위대한 동화작가가 되려고는 생각지 않는다. 죽을 때까지 시를 쓰다 가엾게 쓰러져 죽는 것이 고작. 어머니 죄송해요. 후미코는 이게 전부예요. 이걸로 죽어 버리는 거예요. 누가 나쁜 것도 아니다. 게으른 마음은 결코 없지만 아무래도 혼자 삶을 꾸려 나갈 수가 없습니다. 가난한 건 아무렇지 않지만, 죽는 건 아파요. 목을 매는 것도, 기차에 뛰어드는 것도, 물에 뛰어드는 것도 모두 아프다. 그렇지만, 죽음을 생각하고 있습니다.

단 한 번이라도 좋으니까, 어머니에게 4, 50엔이나 송금할 수 있는 신분이 되고 싶다는 공상을 하고는 우는 일도 있습니다.

이로하라는 고깃집 여급이 될까 하고 생각합니다. 하다못해, 편지 속에 10엔짜리 지폐 한 장이라도 넣어 보내 드리지요.

하숙 생활은 지긋지긋. 돈 들어올 길도 없는데, 조그만 밥통의 밥이 먹고 싶기만 하고, 하숙 생활을 하면, 세월은 유수 같다. 세월이 금방 지나가는 데는 삼가 입다물고 머리를 조아리옵니다.

첫째, 글을 쓴다는 것은 묘한 일입니다. 그렇지만, 나는 소설이란 걸 쓰고 싶습니다. 시마다 세이지로(島田淸次郎)[141]란 사람도, 엄청나게 긴 글을 썼다고 합니다. 소설은 어렵다고 생각하지만, 말이 우는 것 같은 걸 쓰면 되지요. 열심히 숨을 헐떡이면서.

어머니 건강하세요. 이제 곧 주소가 바뀝니다. 또, 누군가와 함께 살려고 생각하고 있습니다. 별 도리가 없어요. 신발이 떨어져서 물이 질척질척 들어오는 것 같은 혐오스런 기분입니다. 소설을 썼는데 어쩌면 대단치 않은 건지도 모르겠습니다. 언제나 뭐든, 걸려서 실망하는 일뿐이니까요. 혼자 있으면 의욕이 없어집니다.

스스로 옳다는 판단이 전혀 들지가 않는다. 자기 자신이 없어지면 인간은 넝마쓰레기같이 되어 버립니다. 확실히, 이것이 사랑이라 생각했던 적도 없다. 다만, 시를 쓰고 있는 것만이 꿈속의 세계.

하숙살이라는 건, 인간을 관리형으로 만들어 버린다. 부들부들 떨며 사방을 엿본다. 대단한 인간은 못 된다. 월말에는 이불을 말리고, 시골에서 온 어음을 가지러 간다. 단지 그걸로 하숙집의 나날은 지나가는 것이겠지요. 내 얘기가 아닙니다. 여기에 있는 학생들의 얘기지…. 하이네 스타일도 없지만, 체홉 스타일도 없습니다. 단지, 자신을 상실해 가는 훈련을 받고 있을 뿐.

동화를 다 쓰고 새벽에 공중 목욕탕에 간다.

(10월 x 일)

초저녁 빛 속에서 섬들이 조용하게 잠잔다
바다 밑바닥에는 고기의 군락
몰래 얘기하는 비밀
고기의 속삭임, 고기의 질투
먼 곳에서 지는 해가 보인다.
땅 위에는 종이 한 꺼풀의 밤의 예고
인간은 신음하면서 자고 있다.
초저녁 섬들, 초저녁 빛
군대는 고향을 떠나라
학생은 고향으로 돌아가라
남의 일이 아니라고 속삭이면서
사람들은 신음하면서 살아간다
이 세상에 평화가 있는가
바위 중턱의 끈적끈적한 감촉이다
인생이란 무엇일까…
고문의 연속인 거야

인간은 괴롭힘을 당할 뿐.

언젠가는 이 섬들도 사라진다

소와 닭만이 살아 남아서

이 두 개의 동물이 서로 섞인다

날개가 달린 소

닭벼슬이 달린 소

뿔 달린 닭

꼬리 달린 닭.

영원이 무엇이냐고 하는 이가 있는가

영원은 귓가를 부는 바람

초저녁 빛 다만 섬들은 떠 있다

유모차처럼 흔들리고 있다

고고학자도 멸망해 버린다….

　율법이 없으면 죄는 무용지물이 된다. 아아 아브라함도 다윗도 나오는 너무나도 거리가 먼 신(神)이다. 소설이란 어떤 형태로 쓰는 건지 알 수가 없다. 그저, 오로지 공상만 하는 것은 아닐 테지. 죄를 쓴다. 묘사한다. 선(善)은 바보 같다고 코를 쥔다. 악덕만이 마음을 불태운다… 시간이 가면 잊혀져 사라지는 죄. 지그시 눈길을 쏟으면, 아무런 정리도 되지 않고 머리가 아프다. 내 육체는, 점점 불 위의 고기처럼 흥분한다. 누군가와 부부가 되지 않으면 몸을 추스릴 수 없게 되어 버린다.

하숙집은 남자들의 보금자리이면서 실로 낙서의 에덴동산처럼, 깊어 가는 심야를 항해해 간다.

소설을 쓰고 싶다는 생각을 하면서 이래저래 방해를 받아 아무것도 되지 않는다. 기러기가 울고 있다. 나는 정말로 시인인 것일까? 시는 인쇄기계같이 몇 개라도 쓸 수 있다. 다만 무턱대고 쓸 수 있다고 하는 것뿐이다. 한 푼도 돈은 안 된다. 활자화되지도 않는다. 그 주제에, 뭔가를 맹렬히 쓰고 싶다. 그로 인해 마음이 터져 버린다. 매일 불을 떠안고 걷는 것 같다.

글자를 가지런하게 쓴다. 형태가 잡혀 있는지 어떤지는 의문이다. 이것이 시라는 걸까.

연초(戀草)를 수레에 일곱 차, 쌓아서 사랑스러이, 내 마음도 싣고…라는 노래를. 옛날 유명한 누카타노 아무개[142]라는 여자가 노래한 만요(万葉)의 노래도 엉터리일까…. 나는 누에같이 열심히 실을 토한다. 그냥, 아무 기교도 없이, 날마다 실을 토한다. 위 속이 텅 빌 때까지 실을 토하다 죽는다.

돈 한 푼 안 되는 것이 불행하지 않다면, 운이 없는 사람이라고 하고는 상대할 것도 없다. 희망 없는 항해 같은 것이지만, 어딘가에 떠 있는 섬이 보이지는 않을까 초조해할 뿐이다.

오늘의 고래잡이라는 희곡을 읽고 쓸쓸해졌다.

책을 읽으면, 책이 모든 것을 말해 준다. 사람의 말은 잡는 데가 없지만, 책 속에 쓰인 글자는 확실하게 사람의 마음을 잡고서 떠나지 않는다.

이제 곧 겨울이 온다
하늘이 그렇게 말했다
이제 곧 겨울이 온다
산의 나무가 그렇게 말했다
이슬비가 달려와 말하러 왔다
우체부가 둥근 모자를 썼다.

밤이 말하러 왔다
이제 곧 겨울이 온다
쥐가 말하러 왔다
천장 구석에서 쥐가 보금자리를 만들기 시작했다.
겨울을 등에 업고
사람들이 시골에서 많이 온다.

동요를 만들어 보았다. 팔릴지 어떨지 모르겠다. 목표 같은 건 일체 관두고, 그냥 무턱대고 쓴다. 써서는 냉담하게 거절당하고 또 쓴다. 산같이 쓴다. 바다같이 쓴다. 내 생각은 그뿐이다. 그 주제에, 머리 속에는 시시한 일들이 떠오른다.

그 사람도 그립다. 이 사람도 그립구나. 나무아미타불 부처님.

목을 매어 죽을 결심을 하면 그걸로 됐다. 그 결심에 앞서, 소설을 하나만 써 보고 싶다. 모리타 소헤이(森田草平)의 매연(煤煙)[143] 같은 소설을 써 보고 싶다.

밤이 깊어 골짜기 묘지로 산책을 나간다.

반짝이는 밤하늘의 무수한 별빛. 무슨 목적으로 걷고 있는지 알 수 없지만, 걷는다. 안마장이가 두 사람, 피리를 불고서는 크게 웃으며 간다. 땅바닥에서 아지랑이가 가득히 끼어 오르고 가을이 깊은 느낌이었다.

석재상의 새 돌의 하얀 색이 너무나 가볍게 보인다. 나는 울었다. 갈 데가 없어서 울었다. 돌에 기대어 울었다. 언젠가는, 나도 묘비가 될 때가 온다. 어느 때인가는… .나는 귀신이 될 수 있을까… 귀신은 아무것도 먹을 필요가 없고, 하숙비에 졸릴 걱정도 없다. 부모에 대한 감정. 은혜를 갚지 않으면 안 된다는 시시한 쓸데없는 가책감이 모두 연기 같다.

비문 안쪽에서 석재상 가족의 목소리가 들린다. 아직 인연이 없는, 누구의 묘석이 될지도 모를 새로운 돌에 둘러싸여서, 석재상은 평화롭게 자고 있다. 아침이 되면, 또 망치를 휘둘러 또각또각 돌을 새겨 돈을 벌 것이다.

무슨 장사든지 다 같다.

돌에 걸터앉아 있으니, 엉덩이가 싸늘하게 차갑다. 일부러 고독에 몸을 담그니, 눈물이 줄줄 넘쳐흐른다.

평화롭게 비 막는 덧문을 잠근 골목길이 깊게 조용히 이어진다. 전철 소리가 들린다. 향기로운 꽃향기가 감돈다. 나는 언제나 배가 고프다. 조금이라도 돈이 있으면, 나는 오노미치에 돌아가 보고 싶다.

나는 다마가와(多摩川)에 있는 노무라(野村) 씨와 함께 살까 생각중이다.

아무래도 혼자서는 견딜 재간이 없는 것이다.

아무도 지나지 않는 별빛이 희미한 길을, 묘지 쪽으로 걸어 본다. 무서운 것에는 일부러 다가가 대면해 보고 싶은 황폐한 기분이다. 이상하지 않다면, 나는 옷자락을 걷어 올리고, 돌길의 바닥을 기어서 돌길을 가고 싶을 정도다. 미치광이 같다는 것은, 이런 기분을 가리켜 하는 얘기겠지….

결국은 도대체, 나는 무엇을 추구하고 있는 것인가 하고 생각해 본다. 돈을 원한다. 아주 잠깐 안주할 장소를 원한다.

낯선 골목을 빠져 나와 걷는다. 아직 자지 않고 떠들썩하게 이야기하는 집도 있다. 조용히 자고 있는 집도 있다.

(10월 x 일)

단고자카(團子坂)의 도모야 시즈에(友谷靜榮) 씨 하숙에 간다. 『두 사람』이라는 동인 잡지를 낼 이야기를 한다. 돈 10엔도 마련할 수 없는 나로서는, 잡지를 내는 것이 불안하지만, 도모야 씨가 어떻게 해 줄 게 틀림없다. 윤택하게 사는 사람의 생활은 이상하게도 어림잡을 수가 없다.

도모야 씨의 권유로, 둘이서 공중 목욕탕에 간다. 두 사람의 조그만 알몸이 아침 거울에 비치고 있다. 마이욜의 조각 같은 두 사람의 모습이, 두 마리 고양이가 놀고 있는 것 같다. 뭐랄 것도 없이, 나는 외국에 가고 싶어졌다. 바나나를 가득 머리에 인 인도인이 있는 도시라도 좋다. 어딘가 멀리 가고 싶다. 여자 선원이 될 수는 없는 것일까. 외국배의 간호사 같은 직업은 없는 걸까.

시를 쓰고 있으면, 한평생 역경에서 벗어나지 못하고, 무엇보다도 먹을 게 없어 굶어 야위니 도리가 없다. 내가, 구리시마 스미코(栗島澄子)만큼 미인이라면, 더욱 행복하게 살 방법이 있었겠지…. 도모야 씨도 예쁜 부인이다. 이 사람은 온몸에 자신감이 넘친다. 피부색이 약간 검지만 야생 과일 냄새가 난다. 나의 나체는 긴타로(金太郞)를 빼닮았다. 그냥, 뒤룩뒤룩 살이 쪘다. 엉덩이가 큰 것은 천박한 증거다. 맛있는

78

것을 먹지도 않는데도, 살이 잘 찐다. 뒤룩뒤룩하게 잘 찐다.

도모야 씨는 되게 반죽한 백분을 목덜미에 바르고 있다. 가무스름한 피부가 구름처럼 엷게 사라져 간다. 오랫동안 백분을 바른 적이 없어서, 나는 남자아이같이 거울 앞에 서서 체조를 해 본다. 문득, 이대로 달려가 전찻길까지 걸어간다면 이상할 거란 생각을 한다.

나체로 길에 나간다… 어떤 노래에 있었는데, 아무도 좋아한다고 말해 주지 않으면 나는 그 남자 앞에서 알몸으로 울어 볼까 생각해 본다….

목욕탕에서 돌아오는 길에, 도모야 씨와 단고자카의 기쿠(菊)소바에 들른다. 자루소바의 김 냄새가 멋지다. 하늘도 싹 변해서 청명하다. 정원에 송이가 큰 국화가 가는 국수처럼, 하얀 종이 띠 위에 펼쳐져 있다. 불구자같이 송이가 큰 국화꽃이다. 목욕 후에 메밀국수를 먹는 것은 최대의 행복이다. 잡지 『두 사람』은 500부뿐이라서, 18엔 정도로 가능하다. 8페이지로, 종이는 매우 좋은 것을 써 준다고 한다. 나는 메이센(銘仙) 비단 하오리를 전당포에 맡길 생각이다. 45엔은 빌려 줄 게 틀림없다.

쓰고 싶다. 다만 그뿐. 몸을 바쳐 쓰는 것이다. 서양의 뻐기는 시인은 어떤 사람인가. 뻐기는 것은 금물이다. 먹고 싶을 때는 먹고 싶다고 쓰고, 반했을 때는 반했어요라고 쓴다.

그걸로 됐지 않습니까.

하늘이 아름답다든가, 접시가 예쁘다든가, '아아' 라는 감탄사만으로 속이지 말아야 할 것이다. 지금 나는 본격적인 다다이즘 시를 쓰련다.

돌아가는 비탈길에서 이소리 고타로(五十里幸太郎)를 만난다. 이렇게 서늘한데 옷자락을 걷고 있다. 프란넬천 기모노에 각대. 나는 하숙집에 돌아갈 생각도 않고, 도자카(動坂)에 나가, 센다기초(千駄木町) 쪽으로 걸었다. 활기차게 오고가는 사람들 사이를 악대가 지나간다. 아이조메(逢初)에서 제일고교 쪽으로 나가 본다. 제국대학의 은행잎이 금색으로 되어 있다. 엔라쿠켄(燕樂軒) 옆으로 돌아가 본다. 기쿠후지(菊富士)호텔이란 곳을 찾는다. 우노 고지(宇野浩二)[144]라는 사람이 오랫동안 머물렀기 때문이다. 소설가는 시인 같지는 않아서 조금 무섭다. 귀신 얘기 같은 걸 했다가는 이쪽이 무섭다. 그런데도 어쩐지 만나고 싶어진다.

소설을 쓰는 사람이라 한다. 병에 걸린 걸까. 누워서 쓰는 것은 어려운 일이다. 호텔은 금방 알아냈다. 다소 놀라 들어가니, 가정부는 싹싹하게 안내해 준다. 우노 씨는 파란 이불 속에 누워 자고 있었다. 역시 누워서 글을 쓰는 사람임에 틀림없다. 스페인 사람처럼 귀밑 털이 긴 사람. 소설을 쓰는 사람은 방안까지 뭐랄까 꽉찬 느낌이었다. "얘기를 하는 것처럼 쓰면 되지요"라고 말했다. 아무래도 그렇게는 안 되지요 하고 마음속으로 대답했다. 어지러운 방. 누군가가 찾아와 보았기 때문에, 재빠르게 치운다. 아아, 우노 고지까지 이르려면 앞길이 멀다. 우노 고지란 좋은 이름이다. 누워서 쓸 수 있다는 것은 대단한 일이라고 생각한다. 얘기를 하듯이 쓴다는 것이 문제다. 저 말이죠, 나는요 하고 써 봐도 어떻게 되는 게 아니다.

작가의 방은, 어쩐지 처연한 맛이 있어서 기분이 좋지 않다. 걸으면서, 여자 미술 선생의 보라색 소매 색깔 쪽이, 그윽한 향기가 있다는 생각을 한다. 소설이란 별게 아닐지도 모른다. 사람들은 활기차게 걷고, 이야기하고, 살고 있다. 거리를 걷고 있는 쪽이, 소설보다 재미있다.

저녁 무렵, 하숙에 돌아온다.

노무라(野村) 씨, 일요일에는 놀러와요라는 메모가 있다. 텅 빈 방안에 앉아 본다. 안정되지가 않는다. 자고 있는 우노 고지 씨의 흉내라도 내 볼까 하고 생각했지만, 살이 쪄서 금방, 양팔꿈치가 저려 올 게 틀림없다. 저녁 먹을 무렵 하숙집은 시끄럽다. 모두 돈을 내니까, 밥짓는 냄새도 부럽다.

(12월 x 일)

아침부터 내리는 눈 속을 아이를 업은 요시와 나갔다. 쌓일 것 같았는데, 함박눈은 의외로 녹아 없어진다. 관영사(寬永寺) 중간에서 교지로(恭次郞) 씨를 만난다. 친구 집에서 잤다며, 모르는 남자 두 명과 같이 나란히, 추운 아이조메 쪽으로 내려갔다.

교지로 씨는 좋은 남자다. 저 사람은 거짓말을 하지 않는다. 그렇지만, 나는 교지로 씨의 시는 전혀 모른다. 교지로 씨를 보면, 나는 금방 오카모토(岡本) 씨를 생각해 낸다. 나는 오카모토 씨를 좋아한다. 도모야(友谷) 씨의 남편이라는 게 너무나 마음에 안 든다. 그러나 남자란, 나 같은 여자에게는 도무지 관심이 없는 것 같다.

너무나 추워서, 언덕 중간 절 앞의 구이집에서 구이를 10전어치 산다. 요시(芳)도 걸으면서 먹는다. 남은 두 개를 하나씩 갈라 두 사람 모두 따뜻한 놈을 야쓰구치 속으로 집어넣어 살갗에 가까이 갖다 대 본다.

"앗, 뜨거."

요시가 웃었다. 나는 구이를 배에 갖다 댔다. 짜르르 하니 피부가 뜨거워져서 기분이 좋다. 화로를 품고 있는 것 같다. 참을 수 없는 외로움이 위 속에 눌어붙을 것 같다. 눈 내리는 관영사 언덕. 꼭대기까지 오르자 우구이스다니역에 걸린 육교 다리를 건너 가쓰바(合羽) 다리에 나가 부탁해 둔 알선소에 간다. 이나게(稻毛) 여관의 급사와, 아사쿠사(淺草)의 고깃집의 여급이 가장 마음에 든다.

요시(芳)는 아이가 딸려서 이나게에 가기로 하고, 나는 아사쿠사가 좋겠다고 결정했다. 아무래도 먼 이나게 여관의 여급이 되지 않아도 되는 것이었지만, 요시는 이나게를 무척 마음에 들어했다. 아이가 소아천식이기 때문에 해변에서 일하는 쪽이 아이를 위해 좋다는 것이다. 아이는 사생아로, 그 아버지는 대의원이라 하지만, 그것도 사실인지 거짓말인지 나로서는 알 수가 없다. 예쁘지 않은 요시에게 그런 남자가 있다고 생각되지 않았고, 무엇보다도 그것이 사실이라면, 이나게까지 갈 리가 없다.

나는 3엔의 비용을 지불하고 손해를 본 것 같은 기분이 들었다. 보증인이 필요 없다는 것이 무엇보다 좋았다.

아사쿠사의 헌 책방에서, 문장 클럽의 옛날 책을 찾아내어 샀다. 노란 색 페이지의 광고에, 19살의 천재, 시마다세이지로(島田清次郎) 지음 『지상(地上)』이라는 광고가 눈에 들어온다. 19살이라는 연령은 천재라 하기에는 어울리지 않는 나이일지도 모른다. 나도 천재 정도는 언제나 꿈꾸는 것이지만, 이 천재는 배 고픈 데에만 마음이 빼앗겨 범재로 끝날 것 같다.

대체, 어디에 가면 평화롭게 밥을 먹을까. 굶어서는 뭘 사랑할 기분이 되지도 않는다. 첫째로, 이렇게 추워서는 뭐든지 다 움츠러들어 버린다. 옷을 겹쳐 입고, 질척질척하게 더러워진 메리야스 하오리를 입은 꼬락서니로는, 제대로 된 일터가 있을 것 같지도 않다.

아사쿠사에 간다. 공원 안에서 우동을 한 그릇씩 먹고, 이어 배(腹)위에서 차가워진 구이도 꺼내 먹는다. 우동집 천막 자락에서, 조금 내린 눈이 섞인 차가운 바람이 불어온다. 두 개의 화로에서 불똥이 맹렬하게 튀고 있다. 기세 좋은 화력이다. 뜨거운 차를 몇 잔이고 마신다. 업었던 아이를 내려 요시는 아이에게 우유를 물리고, 기저귀를 갈고 있는데, 축축하게 젖은 기저귀 냄새가 너무 불쾌했지만 별 수 없었다. 여자만이 운 없는 제비를 뽑고 있는 모양이다. 평생 아이 같은 건 가지고 싶지 않다는 생각을 한다. 아이는 귀엽게 재채기를 몇 번이고 하고 있다.

8전 주고 산 양말도 구멍이 나 있다. 나는 젊은데도, 바싹바싹 말라 있다. 땅딸막하다. 이마도야키(今戸燒)의 너구리[145] 같다. 어째서 그런 걸까. 이봐요, 관음보살님. 나는 당신을 숭배할 생각은 없어요. 좀더 괴롭혀 주세요. 이익 같은 건 모두 부자에게 바쳐 주세요.

우동 먹은 트림이 나온다. 정말 싫다. 우동에 무슨 철학이 있는가. 천재는 카스테라를 먹을까? 우동 인생. 그런 주제에, 나는 고상함이라든가 문학이라든가, 음악, 회화 같은 것에 무관심하지 못한다. 보르와 뷔르지니 같은 건 귀여운 소설 아닌가. 오블로모프[146]도 이 세상엔 존재합니다. 오네긴 씨, 어머나 이만 총총. 조금이라도 좋으니까 나와 사랑을 속삭일 사람은 없는 걸까…. 내일부터 고깃집의 종업원이라니 슬프다. 백정이 많이 찾아오겠지. 지옥같이 뜨거운 냄비에 고기를 삶아 내는 일을 하는 나는 필경 귀신 각시이다. 아아 따분한 인생입니다.

나는 여배우가 되고 싶다.

아사쿠사는 사람의 물결, 정처 없이 방황하는 사람들의 항구였다더라.

(12월 x일)

고마가타(駒形)의 미꾸라지 집 근처, 호우리네스 교회 이웃의 이웃, 지모토라는 가게. 먼저 그 가게 앞을 두세 번 왔다갔다하며 동정을 살펴본다. 어젯밤의 소금무더기가 무너졌다. 햇빛이 비치는 판자 울타리. 다른 이의 집은 무섭다. 우

(牛)라는 글자가 갑자기 눈에 들어와선, 북적인다[147]라는 글자로 보인다. 아아 내게는 절호의 기회라는 것이 없다. 나는 괴롭다. 괴로우니까 기회를 잡고 싶은 것이다.

가게 뒷문으로 들어간다. 부엌의 젊은 남자가 피식 하고 웃었다. 머리카락을 세워 큰 귀를 가린 머리가 이상한지도 모른다. 유행이란 건 내겐 조금도 어울리지 않지만 역시 그 시대를 흉내는 내 보고 싶어진다.

여급의 방에서 바라보는 얼굴. 원숭이같이 주름투성이의 주인아주머니가 아무 일 없다는 듯한 얼굴로 "뭐, 일해 봐." 하고 무척이나 쉽게 말했다.

가진 것은 보따리 하나. 먼저 아침식사로, 공기에 가득한 밥에 간모도키 찐 것 한 접시. 아아 기뻐서 나는 무릎을 쿡 찌를 만큼 당황하고 말았다.

사랑 같은 건 뻔한 것이다
흩어지는 생각들 실로 손쉽게
한 그릇 밥에 무너지는 걸식의 쾌락
콧물을 훌쩍이며 마음을 내버린다.
밥을 먹는 이 안온함
이것도 나 자신 진실한 나 자신이야
슬퍼라 모든 것을 잊어버린 배고픔의 행로

꼬리를 치며 먹는 오늘의 밥
방랑자가 걷는 길
일대의 광야와 어우러진 항구의 바람
아아 무정한 바람이라 탄식하는 나 자신.

　기름이 뜬, 질척하게 끓인 소고기 냄새. 토할 것 같다. 급
사들은 전부 모이면 8명이 된다는데, 5명이 통근, 여기서 먹
고 자는 건 3명. 모두 어느 얼굴이라도 대단한 건 아니다. 귀
를 가린 건 좀 이상하다고, 즉시 미용사에게 가라고 한다. 이
초가에시로 묶으라고 한다. 나는 모모와레가 어울리는 젊은
나이인데, 이초가에시여야 한다는 말을 듣고 실망해 버린다.
　백분을 사지 않으면 안 된다. 무엇보다, 목욕탕에 가서, 목
덜미만 하얗게 바르는 이상함. 같이 목욕탕에 간 스미(澄) 씨
가 말하길 미소노(御園)백분이 제일 좋다고 가르쳐 주었지
만, 벌써 이초가에시로 머리를 하고, 돈을 모두 내 버려서, 백
분은 이삼 일 빌리기로 했다.
　저녁부터 여급의 방은 무척 시끄럽다. 아기에게 젖을 주
고 있는 여자도 있다. 모두 스물 대여섯인 듯한 여자들뿐. 내
가 가타아게를 하고 있다 하니, 피식피식 웃음거리가 된다.
요시(芳)에게서 빌린 옷이 소매가 길어서, 그 설명을 하려고
생각했지만 귀찮아져서 그만둔다. 도토리 키재기로 지내는

몸이, 이 동료들의 심술에는 화가 난다.

아침, 나를 보고 피식 웃었던 요리사는 요시쓰네 씨라고 했다. 주방에 불을 가지러 가니 "이봐요, 서양식으로 올리기보다, 그 머리 쪽이 훨씬 좋아요" 하고 말해 주었다. 그리고, "어이, 밀감 먹지." 하며 조그만 귤을 2개 던져 준다.

요시쓰네 씨는 사다 구로(定九郞)[148] 같은 느낌이 나서, 요이치베에(与市兵衛)를 죽일 듯한 처연한 느낌이 드는 얼굴이다.

이삼 일은 식당 홀에 나가지도 않고 일만 하는 하인 노릇이다. 불을 옮긴다. 벗어 놓은 신발을 정리한다. 맥주랑 술도 나른다. 12시 폐점. 다리 근육이 뻣뻣해질 정도로 녹초가 되어 버린다. 마른 억새와 새장 속의 새 소리가 시끌하다. 아아, 이래서는 내 앞 길이란 소가 놀라 뛰는 것이랑 조금도 다를 게 없다.

한 줄짜리 시 한 편 쓸 기력도 다 빠져 버린 것 같다. 그렇게나 밥을 먹고 싶다고 생각하면서… 저녁밥은 그릇에 수북이 담은 밥에, 오징어 무침. 고마워라 하고 먹으면서, 빵만을 위해 사는 게 아니라는 생각이 솟아났다.

아무도 내 존재를 신경 쓰지 않는 안락한 생활이다. 요시쓰네 씨는 무척이나 친절하다.

"이봐요, 이런 일 처음이요?"

"예…."

"남편은 있는가?"

"아뇨."

"고향이 어디지?"

"단바(丹波)의 산골입니다."

"아, 단바(丹波)라 어디지?"

글쎄, 나도 모른다. 입을 다물고 조리실을 나왔다. 기껏해야 한 달이라 했던 일터다. 밤, 여급의 방이 조용해진 건 2시지나서. 나는 멍해져 버린다. 더러운 베개를 베고, 덜 마른 수건을 대고 눕는다. 여자들은, 누워서, 시끄럽게 설날에 쓸 돈 얘기를 하고 있다.

어느 남자에게 무엇을 가로채고, 이 남자에게서 무슨 돈을 마련해 달라 하고… 아아, 이런 사람들에게도 남자가 있는가 하는 묘한 생각이 들었다. 요시(芳)는 오늘은 아이를 데리고 이나게(稻毛)에 간 걸까… 나는 여기에 있을 수 있는 만큼 있다가, 다마가와(多摩川)의 노무라(野村) 씨 집에 살러 갈까 하고 생각한다. 생각해 보니, 거기말고는 갈 데도 없다.

(12월 × 일)

　요시쓰네 씨가 할 말이 있다 한다. 무슨 얘긴가 하고, 요시
쓰네 씨를 따라 아침 거리를 걷는다.

　시궁창을 퍼올린 고마가타(駒形) 거리에서, 어슬렁어슬렁
공원 쪽으로 걷는다. 록쿠(六區) 안의 깃발 행렬. 날품팔이가
늘어선 효탄연못까지 오자 요시쓰네 씨는 종이에 싼 얇은
피로 만든 만두를 꺼내 3개나 주었다.

　"당신 몇 살이지?"

　"스무 살…."

　"아, 젊어 보이는군. 난 열 일고여덟인가 했지."

　내가 웃으니까, 요시쓰네 씨도 머리를 긁으면서 웃었다.
자루모양의 아쓰시[149]를 입고 더러워진 게다를 신고 있는
이가 다이쇼(大正) 시대의 사다 구로(定九郎)이다.

　얘기가 있다고 하고선, 좀체 얘기를 하지 않는다. 아, 그런
가 하고 생각한다. 그다지 기쁘지 않은 건 아니지만, 어쩐지
좋아할 사람은 아닌 느낌이 든다. 아침인 탓인지, 선듯선듯
하니 연못 부근은 지저분하고 춥다. 요시쓰네 씨는 삶은 달
걀을 4개 샀다. 소금이 딱딱하게 굳어 있는 것이 1개 5전. 이
빨을 관통할 듯이 차가운 달걀을, 연못을 보면서 먹는다. 마
른 등나무 시렁 아래서, 누더기를 입은 아이가 둘이서 딱지

를 치면서 놀고 있다.

"나, 몇 살로 보여요?"

키가 큰 요시쓰네 씨가 커다란 입술에, 달걀을 베어 물면서 물었다.

"스물 다섯 정도?"

"농담하는 거 아녜요. 아직 검사전[150]인데…."

아니 그런가 하고 놀란다. 남자 나이는 전혀 알 수가 없다. 아 그렇게 젊은가 하고, 갑자기 가벼운 기분으로,

"당신은 고향이 어디죠?"

하고 물어 보았다.

"요코하마(横浜)야."

아 바다가 보이는 곳이구나 하고 생각한다.

"어째서, 그런 고깃집 같은 데 있는 거죠?"

"불경기라 어디건 한 사람 몫의 일자리가 없기 때문이에요. 검사가 끝나면, 앞으로의 일도 생각해 볼 참이고."

더러운 연못 위에, 달걀 껍질이 반짝반짝 반사되고 있다. 별다른 얘기도 없다. 우울한 듯한 악대 소리가 들린다. 돌길은 어제 내린 눈이 녹아 질척거리고 있다. 춥다. 관음보살에 합장을 하고 경내에 있는 가게로 나온다. 요시쓰네 씨가 문득 작은 목소리로,

"우리 집에 오지 않겠나?"

하고 말했다.

"어디?"

"마쓰바초(松葉町)에, 어머니랑 2층을 빌려서 살고 있지. 어머니는 다른 집에 일 도우러 나가시고 지금 안 계시지."

나는 요시쓰네 씨가 너무 젊어 갈 생각이 나지 않는다.

어린애인 주제에 우스워 죽겠다. "어때?" 하고 물어서, 나는 "싫어요." 하고 말했다. 요시쓰네 씨는 다시 걷기 시작한다. 그저, 너무나 춥다. 걷는 건 괜찮지만, 나는 사랑을 하려면, 마음이 무거워지는 듯한 남자가 좋다. 요시쓰네 씨의 2층 방을 빌리러 갈 마음은 전혀 없다.

경내의 가게에서, 요시쓰네 씨는 수공예품인 조그만 머리꽂이를 1개 사 주었다. 한발 앞서 나는 가게에 돌아왔다.

아직, 통근하는 사람들은 오지 않았다. 조그만 머리꽂이가 무척 예쁘다. 스미(澄) 씨의 거울을 빌어 머리에 꽂아 본다. 바꿔 봤자 별수없는 얼굴이지만, 목이 하얀 것이 묘하게 슬프다는 생각이 든다. 뭔가 다마노이(玉の井)의 여자가 된 것 같은 오싹한 기분이 되면서도 뭐랄까 자신감이 솟는다.

말이 비녀를 꽂았다
비틀거리며 짐을 끄는 말
한 말(斗)의 땀을 흘리며

다만 숙명에 끌려가는 말

고삐에 끌려가는 말
때때로 하얀 한숨을 토해 본다
아무도 보는 이 없다
때로 드센 기운으로 오줌을 싸
엉덩이에 채찍을 맞는다
언덕을 오르는 짐 끄는 말

대체 어디까지 걷는 것인가
무의미하게 걷는다
아무것도 생각할 수가 없다.

심심했기에, 연필을 핥으며 시를 쓴다. 여자들은 이런 저런 잡담을 주고받으며 얘기를 하고 있다. 누군가가 내 머리 꽂이를 보고,

"아니, 좋은 걸 샀잖아?"

하고 말했다. 나는 모두에게 뭔가 들킨 것 같은 기분이 들었다.

문장클럽을 읽는다. 이쿠다 슌게쓰선(生田春月選)이라는 란에, 투고 시가 많이 실려 있다.

밤, 요시쓰네 씨가 또 귤을 주었다. 점점 이 가게도 정신없이 바쁜 까닭이다. 요리당번이, 내가 요시쓰네 씨에게 귤을 받는 것을 보고 놀린다.

떠돌이 생활이면서도 꿈은 여러 가지다. 쓸쓸할 때는 쓸쓸할 때. 요시쓰네 씨라는 이름을, 한자로는 의경(義経)이라 쓴다고 한다.

요시쓰네 씨는 선량 그 자체로 보이지만, 아무래도 이야기가 통하지 않는 것 같다. 내가 이 사람 집 2층에 가서 자는 것으로, 내 인생에 별 대단한 일도 없을 것 같다. 이 사람과 동거하자마자 금방 헤어져 버릴 게 틀림없다. 요시쓰네 씨는 평화로운 사람이다.

(12월 x 일)

연말 매출 경기때만은 무척이나 떠들썩하다. 나는 겨우 손님 앞에 나서게 되었다. 팁은 꽤 받지만, 때로 심술궂은 짓을 하는 손님도 있다. 요시쓰네 씨가 말했다.

"넌 엄청 책 읽는 걸 좋아하는군. 너무 읽으면 눈 나빠져."

나는 참으로 이상했다. 이미 근시가 되어 있는 걸. 이나게(稲毛)의 요시(芳)에게서 편지. 좋다는 생각이 들지 않아서,

정월 전에, 다시 도쿄로 돌아오고 싶다는 얘기. 아이는 감기에 걸리기만 하고 백일해를 심하게 앓고 있다. 요시(芳)는 목수와 결혼했다 한다. 밥 먹고 살기가 어려워 목수가 아이가 딸려 있어도 괜찮다고 해서 그와 같이 살게 되었다고 한다. 목수와 방을 같이 쓰니까 공부를 할 거라면 방 한 칸 정도 빌려줄 수 있다고 한다, 고마운 얘기다.

나는, 정월에는 노무라(野村) 씨네 집에 가고 싶다. 노무라 씨는, 빨리 같이 살자고 한다. 그 사람도 가난한 시인.

여기서 처음으로 보라색 비단을 두 필 산다. 돈 5엔 남짓. 저녁 무렵까지는, 옷단 안단과 하오리 안감을 살 수 있을 것 같다.

오늘은 미장원에서 오다, 요시쓰네 씨를 만났다. 또 이야기가 있다고 한다. 요시쓰네 씨는 갑자기 "이건 플라토닉 러브야." 하고 말했다. 나는 우스워서 쿡쿡 웃었다.

"플라토닉 러브가 뭐예요?"

"반했다는 거겠지…."

나는 뭐랄까, 뭔가 노무라 씨가 아니라도 괜찮다는 생각이 들었다. 요시쓰네 씨와 함께 살아도 좋을 것 같은 생각이 들었다. 추워서 밀크 홀에 들어갔다.

커다란 컵에 우유를 찰랑찰랑 따라 준다. 요시쓰네 씨는 홍차가 좋겠다고 한다. 오늘은 내가 산다. 겨자 열매가 붙은

앙금 빵을 집어먹는다. 자색 팥앙금이 부드러워서 너무나 맛있다. 돈 20전을 지불한다.

요시쓰네 씨는 매달 5, 60엔씩은 번다고 한다. 아이가 생겨도 못 꾸려 갈 건 없다고 한다. 나는, 요시의 더러운 아이를 생각해 내고 끔찍해졌다.

"나는, 시집가고 싶은 생각은 없어요. 공부하고 싶어요. 요시쓰네 씨는 좀더 젊은 열 일고여덟 살짜리 신부가 좋겠죠…"

요시쓰네 씨는 입을 다물었다. 한참 지나, "무슨 공부지?" 하고 묻는다.

"나는 여학교 선생이 되고 싶어요."

요시쓰네 씨는 묘한 얼굴을 하고 있다. 나도 묘한 기분이 들었다. 뭔가 죄를 범한 것 같은 기분이 든다.

저녁부터 비. 요시쓰네 씨는 무척 정중하다. 플라토닉 러브라고 한 얼굴이, 갑자기 중학생같이 보인다.

손님이 스미(澄) 씨를 불러서는 술을 상당히 먹었다. 조금도 취하지 않는다. 손님은 제국대학 학생뿐. 요시쓰네 씨와 비슷하지만, 무척 아이들같이 보인다.

"이 사람은 책만 읽어요." 하고 스미 씨가 말했다.

"무슨 책을 읽고 있지?"

땅딸막한 작은 학생이 내게 술잔을 주면서 물었다. 나는

"사루토비사스케(猿飛佐助)!" 하고 큰소리로 대답했다. 모두 와아 하고 웃었다. 사루토비사스케가 어째서 우스운지 나는 알 수가 없었다. 취한 김에 곤야 다카오(紺屋高尾)를 읊어 준다. 모두 놀란다.

학생이란 그런 거다. 꽤나 취했기 때문에, 급사들 방으로 돌아왔지만, 괴로워서 토할 것 같다. 요시쓰네 씨가 걱정이 되어 들여다보러 와서 세숫대야를 갖다 주었다. 마신 게 모두 나온다. 모두 토한다.

"요시쓰네 씨!"

"왜요?"

"거기 서 있지 말고 소금물이라도 갖고 오세요."

요시쓰네 씨는 곧 소금물을 마련해 갖고 와 주었다. 끈을 풀자, 50전짜리가 다다미에 데구르르 떨어진다.

"무리를 해서 마실 건 없어요."

"응, 플라토닉 러브니까 마신 거예요. 당신, 그렇게 말했잖아요…."

요시쓰네 씨가 갑자기 구부리고 앉아서, 내 등을 언제까지고 쓰다듬어 주었다.

(12월 x 일)

　불을 피우고 싶어서, 텅빈 숯가마니랑 마른 잎을 모아 돈도[151]를 태운다. 나는 이런 조건 속에서 살아갈 기력이 없다. 조금도 없다. 중요한 것을 찾아내어 불태우고 싶어진다. 방 안에 들어가, 노무라 씨의 시 원고를 3장쯤 가지고 나와 불 위에 던져 본다. 타 버리면 이 시는 재가 되는 거라고 생각하니, 미움도 미움이지만, 어쩐지 후회하면 안 될 것 같아 다시 원래 자리에 넣는다.

　나는 아무것도 할 수 없다. 용기도 없는 여자로 전락하고 말았다. 오늘 아침, 우리들은 목숨을 걸고 싸웠다. 그리고, 남자는 실컷 다 깨부수고는 밖으로 나가 버렸다. 뒷정리를 하는 것은 나다. 유리문은 깨지고, 접시도 밥그릇도 성한 게 없다. 가난하다는 것이, 이렇게 우리의 마음을 황량하게 해 버린다. 잔혹할 만치 노골적으로 되어 버리는 것이다. 나는 남자를 이렇게 증오스럽다고 생각한 적은 없다. 나를 걷어차고, 부엌의 광속에 집어넣을 때는, 이 사람이 정말 나를 죽이는 건 아닐까 하고 생각했다. 나는 아이처럼 소리를 내어 울었다. 몇 번이나 차여서 아프다기보다, 배려할 줄 모르는 남자의 마음이 증오스러웠다.

　매일같이, 나는 남자의 원고를 잡지사에 가지고 갔다. 조금도 팔리지 않는다. 인젠 가고 싶지 않아요 하고 농담으로 말한 것이, 그렇게 화낼 일인가….

나는 아무리 괴로운 일이 있어도 생글생글 웃는다든가 하는 건 그만두려 한다. 때로는 가고 싶지 않을 때가 있다. 영문도 모른 채 심부름 가는 것을 참을 수 없다. 본인이 가면 된다. 나는 이제 그런 괴로운 심부름은 지긋지긋하다.

밥벌이도 못하는 주제에 잘난 척하지 말라고 화를 낸다. 끼니 밥벌이를 못한다고 해서 구걸하는 기분으로 살고 싶지는 않다.

불을 피우면서, 나는 이번에야말로 헤어져야겠다고 생각한다. 그러면서, 1전도 가지지 않고 집을 나간 남자를 생각하고는 자꾸만 울게 된다. 그 남자는 뭘 하고 있는지 걱정이 된다.

길 아래 잉어 연못이, 석유 색깔로 반짝이고 있다. 집주인의 종업원인 듯한 여자가 마른 억새 사이로 노래를 하며 옆길로 지나가고 있다. 집주인은 미야타케 가이코쓰(宮武骸骨)[152]라는 사람이라 한다. 집에서 상당히 떨어진 언덕 위에 집이 있어서 이곳 사람들을 본 적이 없다. 우리 집은 6조 다다미 1칸에 광과 부엌. 흙벽이 없는 벽돌이고, 옛날에는 창고였을지도 모른다. 나는 여기에 이사오자, 신문지를 벽에 2중으로 발랐다. 이불은 노무라 씨의 것으로 충분하다고 해서, 하숙집에 줄 돈이 모자라서 파는 걸로 하고, 3엔 남짓 남겼기 때문에, 나는 커튼이랑 쌀을 사서 시집을 왔다. 하지만 불을 태우면서, 나는 여러 가지를 생각한다. 이제, 이것이 내 인생의 마지막일지도 모른다. 죽고 싶다는 생각을 했다. 이제 이런 식으로 사는 건 귀찮기만 하다. 혼자 살기엔 쓸쓸하고, 둘이 되면 더욱 괴로운 거라는 생각이 들자, 이 세상이 기묘하게도 덧없어진다.

밤, 찢어진 커튼을 꿰매면서, 여러 가지 상상을 한다. 온기가 없어 꽁꽁 얼 것 같은 깊은 밤. 발자국 소리가 날 때, 귀를 기울인다. 멀리서 다마가와(多摩川) 전차의 윙윙거리는 소리가 들린다. 너무나 조용해서, 귓속이 잉잉 울린다. 앞길이 어떻게 될지 짐작도 가지 않는다. 어떻게든 되겠지 하고 생각해 본다. 아침부터 밥을 먹지 않았기 때문에, 온몸에 힘이 빠진다. 호랑이같이 슬금슬금 기어다니고 싶은 열렬한 기분이 된다.

방안을 깨끗하게 정리하고 이부자리를 깐다. 여기에도 요가 없는 잠자리. 잠옷이 없어서 발가벗고 나는 잔다. 물에 뛰어드는 것 같은 차가움. 털썩 옷을 이불 위에 놓는다. 옷에서 냄새가 난다. 때때로, 머리맡에서 잉어가 튀어 오른다. 깊은 밤거리를 트럭이 땅바닥을 울리며 언덕을 내려간다.

모험은 삼가해 주시오

내게는 어리석음과 불평도 없다
아아 아무리 손을 써 봐도
이대로의 꼬락서니
신께서도 웃으며 가 버리잖아
기도를 한다면
나는 또 순례를 한다
때는 오고 신의 나라가 가까워 왔느니
너희 회개하고 복음을 믿으라
아아 여자 사루토비사스케가 나와 서서
하늘을 날고 불구덩이를 건너며
피의 물보라를 일으키며 나는 투쟁한다
복음은 천둥 소리 같은 것일까
잠시 찾아뵙겠습니다.

아무래도 빈속으로는 견딜 수가 없어서, 나는 또 차가운
옷에 손을 넣고, 풍로에 불을 지핀다. 물을 데워, 된장을 담았
던 대나무 껍질에 조금 붙어 있는 된장을 따뜻한 물에 풀어
마신다. 라면이 너무 먹고 싶다. 돈 10전이 없다는 것은 나락
의 바닥에 떨어진 것과 같다. 짚으로 인 지붕 위를 통통 자갈
돌 같은 것이 흩어져 떨어진다. 여긴 언덕 꼭대기의 외딴집.
괴물이 나와도 상관없다. 이즈미 교카(泉鏡花)의 소설처럼 효

탄연못의 잉어가 많이 튀어 오른다. 된장국을 마시는 내 머리에는, 필시 큰 귀라도 생겨나고 있겠지…. 미치광이가 될 것 같다. 어쩔 수가 없다고 생각하면서, 깊은 밤길을 그 사람이 앙금 빵을 잔뜩 안고 돌아올 것 같은 느낌이 든다. 저 멀리 발자국 소리가 들려서, 나는 맨발로 밖에 나가 본다. 눈인가 하고 보니, 사방은 달빛으로 밝다. 관절이 아플 만치 춥다. 문 앞에서 두 사람이 딱 마주치면 얼마나 기쁠까….

먼 발자국 소리는 어디선가 사라져 버렸다. 문을 닫고 또 풍로 옆에 앉는다. 앉고 보니 춥기는 하지만, 누울 마음도 들지가 않는다. 뭔가 써 봐야겠다고, 책상을 향해 보지만 무릎이 깨질 듯 추워서 어쩔 도리가 없다. 조금 쓰다가 그만둔다. 간표[153]라도 좋으니까 먹고 싶다.

(12월 × 일)

아침. 생각지도 않게 어머니가 상기된 얼굴로 찾아왔다. 물어물어 찾아왔다며 작은 보자기 꾸러미를 나눠 지고는 문 바깥에 서 있었다. 나는 아니 하고 소리쳤다. 아아, 이 무슨 일일까. 하마마쓰에서 샀다는 기차 도시락 먹다 남은 것 하나. 삶은 달걀이 7개. 오렌지가 2개. 정말 이거야말로 하느님 나라의 복음 같은 기분이 든다. 나를 위한 모슬린 새 속치마에 싸인 잔멸치, 그리고 엄마가 갈아입을 옷과 머리 도구. 세수도 하지 않고, 나는 나무향기를 흐응 하고 맡으며 도시락을 먹는다. 얇게 자른 빨간 생선묵. 매실장아찌, 우엉조림, 이토 곤약과 고기찜. 우엉조림, 종횡무진 맛을 본다.

시골도 재미있을 리 없다. 불경기가 바닥까지 왔지 하고 어머니는 한탄한다. 얼마나 가지고 있느냐니까, 60전 정도 갖고 있다고 한다. 어쩔 작정이냐고 야단쳐 본다. 4, 5일 있으면, 아버지가 장사할 물건을 가지고 온다고 한다.

안개가 심한 아침이었지만, 따뜻한 햇살이 방안 가득 비친다. 계시면 좋겠지만 이불이 없다고 말하긴 했다. 하지만 이대로 어머니를 어디로 나가게 하겠는가…. 방석을 3장 이어서 요로 하고 큰 이불을 한 장 같이 덮고 어떻게 잘 수밖에 어째 볼 도리가 없다.

햇빛이 비치는 곳에 이불을 끌어와 어머니를 눕게 한다. 어머니는 방안의 모양을 보고는 벌써 내가 가난하다는 걸 눈치채고, 아무 말도 않고, 콧물을 훌쩍이면서 하오리를 벗고, 잠자리에 들었다. 나는 작은 화로에 어제 돈도야키[154]를 한 재를 넣어 불을 지폈다. 이윽고, 물이 보글보글 끓는다. 찻잎이 없어서, 도시락의 매실장아찌를 넣어 뜨거운 물을 어머니께 드린다.

아버지는 와지마누리(輪島塗 り)의 싸구려 칠기를 가져와
서, 그것을 도쿄에서 판다고 한다. 도쿄에는 백화점이라는
편리한 곳이 있는 것을 모르는 것이다. 야시장에 가서 늘어
놓고 판다고 해도, 잘 팔리는 것도 아니다. 나는 난처해졌다.
삶은 달걀을 한 개 벗겨 먹는다. 나머지는 남자에게 주어야
겠다.

"도쿄도 불경기냐?"

"굉장한 불경기예요."

"어디든 다 똑같구나…."

매실장아찌를 우물거리면서 어머니가 걱정스런 표정을
한다. 이번 남자는, 어떤 성격이고, 무슨 장사를 하냐고 어머
니는 묻지 않는다. 정말 다행이다. 묻는다고 해도 별 도리가
없다. 어머니는 빈 차통에 손수건을 대고, 깊이 잠든다. 입을
벌리고 기분 좋은 듯이 자고 있다. 한낮이 지나 노무라 씨는
돌아온다.

어머니를 인사시킬 틈을 놓쳐서, 책상을 향해 책을 읽기
시작했다. 어머니와 나는 부엌바닥 창고에 방석을 깔고 앉았
다. 물을 끓여서 삶은 계란 4개 네이블 오렌지를 2개, 책상
옆에 가져가서, 선물이에요 하니까, 그냥 먹고 싶지 않아 하
고 쌀쌀하게 말하며 눈길도 주지 않는다. 나는 화가 나서, 삶
은 계란을 남자 머리에 던져 주고 싶은 기분이었다. 무슨 남

자가 이렇게 비뚤어졌는지 견딜 수가 없다

아직 이 사람은 화가 나 있는 것일까… 이 외고집과, 완고함이 내겐 불안한 것이다. 내가 쓴 시 원고가 꾸깃꾸깃 구겨진 채 방 구석에 던져져 있다. 나는 그것을 주워서 구겨진 것을 펴고 있으니 어째 마음이 아파 아무도 모르게 들리지 않도록 울었다. 어쩌면 좋을지 나도 모르겠다. 어머니는 숨을 죽인 듯, 부엌 풍로 옆에 웅크리고 있다.

울 만큼 우니까, 금방 기분이 말끔해졌고 이젠 아무래도 좋다는 생각이 미치자 마음이 가벼워졌다. 어머니가 기운 없는 모습으로, 나를 보길래, 낼름 혀를 내밀어 보였다. 눈물을 보이지 않으려고 일부러 혀를 내밀자, 관자놀이랑 콧날이 찡하게 아파 온다.

부엌 토방에 내려가, 깊이 숨겨 두었던 보자기 속에 구김살을 편 원고를 넣는다. 남보기 부끄러운 것들만 들어 있다. 쓸데없는 것들뿐인데 오랫동안 써 모아 놓고, 왠지 못 버리는 나의 시. 이것이야말로 돈 한 푼 안 되는 것이다. 태워 버리려고 몇 번이나 생각했으면서, 10년 지난 나중에 이런 것도 있었지, 저런 것도 있었어 하고 생각하는 것도 헛되지는 않다는 생각에 남겨 둔다.

어쩔 볼 도리가 없어서, 외출 준비를 한다. 어디 갈 곳이 있는 것은 아니지만, 어쨌든 어머니를 데리고 나와 얘기를 잘 하지 않으면 안 된다. 나는 탄가루를 화로에 깔고, 불을 푹 묻고, 주전자를 걸쳐 두었다. 두 개 남은 달걀을 어머니에게도 까 드린다. 어머니는 소리도 내지 않고 달걀을 삼키듯 먹었다.

"잠시, 밖에 어머니랑 나갔다 오겠어요."

하고, 책상 옆에 갔지만, 남자는 그대로 거들떠보지도 않는다. 둘이서 밖에 나왔을 때는, 속에서 한숨이 나왔다. 나는 몇 번이고 심호흡을 했다. 내가 그렇게 싫을까 하고 생각한다. 완전히 자신이 없어져 버린다. 쓰레기 같은 기분이 든다. 그냥, 나는 너무 젊다는 것뿐이다. 아무것도 모를지도 모른다. 그렇지만 아무 악의도 없었다고 변명하고 싶은 기분이 되기도 한다.

때때로 사소한 돈이 들어와서, 5전으로 두부를 사고, 3전으로 정어리를 사거나, 3전으로 단무지를 사서, 3가지로도 잘 먹었다고 말하면, 쓸데없는 걸 자랑한다고 잔소리를 하고, 간혹 목욕탕에 가서 이웃 여자처럼 목에 분을 바르고 돌아오면, 네 목은 자라목이라 굵어 보여서 흉하다고 한다. 어쩌면 좋을지 나는 알 수가 없다. 이 남자와 평생 같이 사는 동안은 강철처럼 단련되어, 울지도 웃지도 않는 여자로 훈련될 것 같은 느낌이 들었다.

나는 주머니에 넣어 온 계란을 벗겨 어머니에게 하나 더

드세요. 하고 입가에 갖다 드렸다. 인제 먹고 싶지 않아 하며 싫은 기색. 억지로 드시게 했다.

나는 걸으면서, 문득, 이전에 헤어진 남자[155]에게 가서 10엔 정도 돈을 빌릴까 생각했다. 연극을 하는 사람이어서, 공연이라도 떠나 있으면 끝이라고 생각했지만, 운은 하늘에 맡기고, 시전철로 간다(神田)로 나갔다. 거리는 시끄럽고, 어디든 바겐 세일이다. 밝은 불빛이 밤하늘에 비치고 있다. 정류소 옆에는, 우치와 다이코[156]를 치며 가는 사람들이 있었다. 기성복 양복 가게가 처마를 이어 늘어서 있다. 어머니는 갈색 코듀로이 상하 15엔짜리 양복을 손에 들고, 아버지한테 꼭 맞겠구나 하고 잠시 바라보고 있다. 돈만 있으면 뭐라도 살 수 있다. 돈만 있으면.

나는 양복을 보기도 하고, 번화한 진보초(神保町) 거리를 보기도 하며, 좀체 생각이 정리되지 않았다. 겨우 생각 끝에 어머니를 거리에서 기다리게 하고, 그 사람의 집에 가 본다. 골목을 들어가니 고기를 굽는 냄새가 나고 있었다. 부엌 입구로 들여다보니, 그 사람의 어머니가 깜짝 놀라 나를 보았다. 그의 어머니는 당황한 모습으로 더듬거리며, 목욕탕에 갔어요 하고 말했다. 나는 싹 포기할 마음이 들었다. 아무래도 좋다는 생각이 들었다. 서둘러 작별인사를 하는데, 그 사람이 수건을 들고 돌아왔다. 나는 만나자마자 10엔 빌려 주세요 하고 말했다. 옅은 안개 자욱한 골목길에서 남자는 당혹스런 모습으로, 방으로 돌아갔다. 그리고 금방 뭔가를 얘기하면서 5엔짜리 지폐를 들고 나와, "이것밖에 없어요"라며, 내 손에 주는 것이다. 나는 숨을 쉴 수가 없을 정도로 몸이 굳었다. 죄를 짓는 것 같은 기분이 들었다. 당신의 평화를 어지럽히러 온 것은 아니에요. 아름다운 부인과 사이좋게 사세요. 하고 말하고 싶었다. 나는 마치 집 없는 부랑자 같은 나 자신을 느낀다. 연극에 나오는 고마노하이 같은 혐오스런 기분이 들었다.

달려서 골목을 나오자, 양복집 앞에 어머니가 맥없이 나를 기다리고 있었다. 내 얼굴을 보자 어머니는 "어디 화장실 없겠니? 어떻게 하냐. 너무 추워서, 다리가 당겨 움직이지도 못하겠다"라고 한다. 나는 맘먹고 어머니를 업고, 근처 식당까지 갔다. 식당 문을 열자, 확 하고 더운 김이 가득하고, 석탄스토브가 활활 타는 따뜻한 방이었다. 어머니를 의자에 앉히지도 않고 나는 바로 화장실을 빌려 데리고 갔다. 허리가 굽혀지지 않는다고 해서, 남자 화장실 쪽에서 등을 돌리고 몸을 떠받쳐 준다. 뭐랄 것 없이 눈물이 흘러나와 어쩔 수가 없었다. 눈물이 멈추지 않는 것이다. 남자들의 잔혹함이 뼈에 사무칠 듯한 기분이었다. 그렇게 누구나가 나쁘다는 것은 아니지만, 이런 운명이 된 자신의 처지가, 너무나 슬프고 비참해서 견딜 수가 없다.

　나는 오늘부터, 글쓰는 남자를 좋아하는 건 그만두자고 마음을 정했다. 운전수든 목수든 좋다. 그런 사람들과 어울려야 한다. 나도 이제 오늘로서 시 같은 걸 쓰는 건 완전히 그만두기로 했다. 내 시를 재미있고도 웃기는 것으로 읽게 할 수는 없다. 다다이스트 시와 시인은 말한다. 내 시가 다다이즘 시라니 말이 되는가. 나는 나란 인간에게서 연기를 내고 있는 것이다. 이즘(ism)으로 문학이 되는 것인가! 그냥, 인간의 연기를 뿜는다. 나는 연기를 머리끝에서 뿜어내고 있다.

　어머니를 스토브 옆에 앉힌다. 방석을 빌려, 허리를 높여서 편하게 해 드린다.

　"밥에다 전골냄비랑, 술 한 병 주세요."

　술이 15전, 전골 2인분 60전, 밥이 한 공기 5전. 나는 뜨거운 술을 어머니의 술잔과 내 술잔에 따랐다. 술이 거품을 낸다. 아직 눈물로 눈이 흐려져서 술잔이 흐릿하게 보이지 않는다. 나는 연거푸 서너 잔 마신다. 술이 가슴에서 타는 듯하다. 벽 거울 옆에서, 학생 두 사람이 석간을 읽으면서, 볶음밥을 먹고 있다. 어머니도 눈을 감고 술잔을 입에 가져간다. 두 병째 술을 주문해서, 또 혼자서 마신다. 마음속에서부터 몽롱해진다. 어머니는 그릇 가득히 전골 국물에 밥을 말아 맛있는 듯 먹고 있다.

공복에 술을 마신 탓인지, 무척 취한다. 나는 게타를 벗고 의자에 앉았다. 양손에 얼굴을 묻고 있으니 방안이 시소처럼 흔들흔들 흔들린다. 아무것도 생각할 것 없다. 그냥 비틀비틀 몸이 흔들릴 뿐. 꼴이 흉하고 천한 여자는 나예요. 예, 그렇죠…, 정말 그런 것입니다. 구더기가 떨어져 내려올 것 같다.

잔에 떠 있는 거품을 후 하고 분다. 따뜻이 데운 술. 두려운 술. 횡설수설하는 술. 수천만의 생각이 휙 날아가 버리는 술. 등을 쓸게 하는 술. 젊은 여자가 술을 마시는 것을 이상한 얼굴로 학생이 보고 있다. 세상사람들이 본다면, 이상할 것임에 틀림없다. 좀 따뜻해졌는지 어머니도 의자 위에 제대로 앉아 있다. 나는 우스워서 견딜 수가 없다.

"괜찮니?"

어머니는 돈을 걱정하고 있는 것 같다. 나는 현재 이곳만이 안주할 장소 같은 생각이 들어 어쩔 수가 없다. 아무데도 가고 싶지 않다.

합쳐서 1엔 4전을 지불했다. 4전은 김치라고 한다. 순무김치인데, 물기 많은 단무지가 반 갈라져 있다.

아름다운 산,[157] 사울 그가 죽은 건 잘됐다고 한다. 그날 예루살렘에 있는 교회로 크나큰 박해가 있었다… 아아, 모든 것은 오늘로 장사지내라. 오늘부터 모든 것을 장사지내야 한다.

세다(瀬田)에 돌아온 것이 10시. 김이 나는 뜨거운 찐만두를 먼저 남편에게 드린다. 노무라 씨는 벌써 이불 속에서 자고 있었다. 책상 옆에, 내가 놓아 둔 달걀과 네이블 오렌지가 그대로 있다. 나는 방에 선 채 공포를 느낀다. 발끝이 떨려 온다. 벽 쪽으로 향한 채 움직이지 않는 사람을 보니 몽롱한 취기도 다 깬다. 나는 부서진 고리짝을 꺼내고, 그 안의 방석을 깔아 어머니를 앉혔다. 빨리 날이 새면 좋은데. 풍로에 장작을 넣어 방을 데운다.

신문지를 잘라, 어머니 하오리 밑에 넣어 준다. 무릎에도 방석을 덮고, 나도 고리짝 뚜껑 안에 앉는다. 마치 표류선을 타고 있는 듯한 모습이다.

화로의 생나무가 빠직빠직 타는데, 이루 말할 수 없는 좋은 소리가 난다. 내년이면 나도 21살이다. 빨리 나쁜 해여 가라! 신이여, 얼마든지 나를 괴롭혀 주십시오. 좀더 때려서, 때려 눕혀 주십시오. 좀더 좀더 좀더⋯. 나는 손이 차가워서 하오리 가타아게를 툭툭 뜯어 소맷자락으로 손을 감았다. 피를 토하고 뒈질 때까지 신이여, 채찍질해 주십시오.

내일은 카페라도 찾아서, 어머니를 싸구려 여인숙에라도 데리고 가려 한다. 따뜻한 찐만두를 보자기에 싸서 어머니의 아랫배에 품게 한다. 너무나도 추워서 나는 장작을 가져와

지핀다. 눈물이 날 만치 괴로울 때도 있다. 역 대합실에 있는 셈 치면 아무것도 아니다. 자고 있는 사람은 죽은 듯이 움직이지 않는다. 전신이 깨어 있어서, 저 사람도 괴로울 게 틀림없다는 생각을 한다. 괴로우니까 오히려 더욱 움직일 수 없는 것이다.

(12월 x 일)

저녁놀같이 빨간 동이 튼다. 탄이 없어서, 나는 아래 잉어집 정원 앞에서 장작을 훔쳐 왔다. 화로에 주전자를 걸고 물을 데운다. 책상 옆의 네이블 오렌지를 1개 가지고 와, 즙을 내어 거기에 뜨거운 물을 부어 어머니에게 마시게 했다.

그런데, 나도 슬슬 승천하지 않으면 안 된다. 역 근처 잡화상에 가서, 쌀을 한 되 산다. 비를 막는 덧문이 아직 하나밖에 열려 있지 않다. 어두운 토방에 들어가자 부엌 쪽에서 시끌벅적 아이들이 떠드는 소리가 들리고, 된장국 냄새가 난다. 단란하게 사는 모습은 이렇게 따뜻하고 유쾌한 것인가 하고 부러운 기분이다. 남자를 위해 바트를 2갑 산다. 후쿠진즈케(福神漬)젓갈, 짠지를 50돈 산다.

돌아와 보니, 어머니는 아침햇살이 비치는 툇마루에 앉아

손거울을 세우고 작은 머리를 마루마게로 쓸어 올리고 있다. 남자는, 이드르르하게 기름기 긴 나쁜 안색을 하고, 입을 벌리고 자고 있다.

(1월 x 일)

온갖 수치와 곤욕을 참으며 웃고 있는 내 얼굴. 얼굴은 웃고 있다. 아무짝에도 쓸모없는 바보천치 같은 나지만, 마음속으로는 무서운 일을 생각하고 있다. 그 사람을 죽여 버리고 싶다는 생각을 한다. 내 작은 명예 같은 건 이미, 여기까지 다다르면 회복의 여지는 없다.

기괴한 고민을 하다 기절할 것 같은 생활 방식! 그리고 돈 한 푼 없다.

영악한, 울려 퍼질 것 같은 생각이 오늘 밤 눈처럼 가슴속으로 스며든다. 눈아 내려라. 내려 쌓여서 이 거리를 다 묻어 버리고, 질식할 만치 내려쌓여라. 오늘 밤에도, 이 눈 오는 밤도, 어딘가에서 아이를 낳고 있는 여자가 있을 게 틀림없다.

눈은 참 싫은 존재다. 그리고, 통절하게 슬픈 것이다. 진흙 구덩이 움막 속의 길에 늘어서 있는 싸구려 여인숙 지붕 위에도 눈이 내리고 있다. 무절제해져서 눈알을 빙글빙글 굴려

보고 싶은 무시무시한 기분이다.

그냥, 남자 곁에서 도망갔다는 것만이 박수 갈채. 도대체, 신이여, 내게 어떻게 하라고 당신은 말하는 겁니까. 죽으면 되나요? 살아서 어떻게 해 볼 수도 없이 쫓긴다는 건 박정하지 않습니까! 내몰려 들어간 방의 어두운 다다미 6장짜리 방. 먼저, 쓰레기통 같은 냄새가 난다. 해골같이 휘청휘청하는 할아버지가 한 사람, 여자 세 사람. 나만이 가타아게를 하고 젊다. 그냥, 젊다는 건 이름뿐이고 여자로서 볼품은 하나도 없다.

술을 한 되 정도 마시고 취해서, 눈 오는 거리를 발가벗고 걸어 보고 싶다. 네, 마시게 하시면, 한 되건 두 되건 마셔 보겠습니다.

나는 물끄러미 받침대 위의 조그만 램프에 의지해서, 내 시를 읽어 본다.

정말, 창자를 꺼내 보이는 것 같은 글을 쓰는데도 1전도 되지 않는다. 어떤 것을 쓰면 돈이 되는 걸까. 때리지 않는 다정한 남자는 없는 것일까? 서투르기 짝이 없는 글로, 뭐가 어쨌다는 거냐고 써도, 아무도 아아 그런가 하고 말해 주는 이는 없다.

썩은 고등어를 먹고 토한 것 같다… 어머니는 나를 부둥켜안고 새근새근 주무신다. 가끔씩, 눈보라가 문을 두드리고 있다. 라면 장수의 차르멜라 소리가 아련하다. 뭘 써 보려는 것은 여러모로 이상한 일. 너 같은 천치가 뭘 할 수 있는가.

내일은 변두리 카페에라도 들어가, 먼저 배터지게 밥을 먹어야 한다. 먼저 먹는 것. 그러고서 얼마간의 돈을 만드는 것. 고문! 고문! 고문! 내게도 그 정도로 살 권리가 있을까….

모두가 의기양양한 얼굴로 살고 있다.

할아버지가 일어나, 담뱃대로 담배를 피기 시작했다. 추워서 마음놓고 잘 수가 없다고 투덜대고 있다. 묻지도 않은 얘길 하는 할아버지의 이야기. 이틀 전쯤까지는 요쓰야(四谷)의 기요시라는 만담극장 입구에서 게타를 맡아 보는 일을 했다고 한다. 마음가짐이 나빠 자식은 한 명도 없는 형편이다. 때로는 양로원에 들어갈 생각도 하지만, 뭐래도 사바세계의 즐거움은 못 견디게 좋다. 하루나 이틀은 굶어도, 사바의 괴로움은 즐거움이라고 할아버지가 재미있는 말을 한다. 벌써, 65세라 한다. 내 반생은 암검살(暗劍殺)[158]의 연속으로, 안 되는 일뿐이라며 웃고 있었다. 암검살이 뭔지 모른다. 비천한 인생과는 다른 것 같다. 필경, 우리들은 삼린망(三隣亡)[159]이 계속되고 있다는 것이겠지. 매일, 마음속에서 살려 줘, 살려 주세요 하고 노래처럼 신음하고 있다. 값싼 브랜디를 마시고 있는 것 같은 신음이다.

"할아버지, 다마노이(玉の井)라고 알아요?"

"아아 알지."

"가불해 줄까요?"

"아아, 그야 해 주지."

"나 같은 사람에게도 해 줄까…."

"아아, 해 주고 말고…, 자네 갈 건가?"

"가도 좋다고 생각해요. 죽는 것보다는 낫지요."

할아버지는 양손으로 벗겨진 머리를 감싸듯 어루만지며 입을 다물었다.

(1월 × 일)

말끔한 하늘. 눈이 멀 것같이 빛나는 설경의 빛깔. 40대의 이초가에시를 한 여자가, 침상에 앉아 바트를 맛있는 듯 피우고 있다. 호청도 없는 목면 요이불이 때가 묻어 광이 난다. 신문지를 바른 벽. 엿색깔이 나는, 아무것도 없는 다다미. 천장은 좀투성이. 물받이에 흘러가는 녹은 눈. 물끄러미 귀를 기울이니, 통,통,통 하고 하쓰우마 축제[160]의 북소리처럼 눈 녹는 소리가 들리고 있다. 모두 일어나 제각각 여행자 차림. 나는 창을 열고서 지붕의 눈을 집어 얼굴을 씻었다. 레트크림을 바르고, 연지를 뺨에 일장기처럼 문질러 바른다. 머리

116

는 거꾸로 세워, 마치 만두 같은 귀를 가린다. 귀가 가려워서 기분이 나쁘다.

새가 지저귄다. 성선(省線)이 윙윙 울리고 있다. 아침의 아사히마치(旭町)는 마치 진흙탕이 질척질척거리는 것 같은 거리다. 그렇지만, 모두 살아서, 여행을 떠날 생각을 하는 가난한 거리.

내 곁에 누운 30대 여자는 은시계를 가지고 있다. 옛날엔 괜찮은 생활을 했다고 어젯밤에도 몇 번인가 얘기를 했지만, 보라색 비로드 양말이 진흙투성이다.

도움도 안 되는 보따리를 우리들은 3개나 가지고 있다. 달리 이렇다 할 목적지도 없이 다마가와를 빠져 나오니 이 싸구려 여인숙만이 천국의 땅 바레루모[161]이다.

넘칠 듯 가득한 빛. 애매한 것은 하나도 없다. 단지 눈 녹은 질척질척한 길을 가는 기분이 마음에 무겁다. 마른 십자가의 전신주가 태양에 빛난다. 도락을 하기엔 형편이 좋은 동행들뿐이다. 헐벗은 생활은 지긋지긋하다. 귀족의 자동차에라도 뛰어들고 싶지만 그럴 형편도 안 된다. 젊다는 것은 쓸쓸한 일이다. 젊다는 건 별 대단한 일도 아니다…. 내 손은 만두같이 부풀어올랐다. 짧은 손가락의 마디에 보조개가 있다. 여학교 때 선생님이 내 손을 보시고, '딤플 핸드(dimple hand)'라고 하셨다. 웃었던 손. 나의 손은 아직도 웃고 있다.

도회로 나온 급사 같은 모습으로는 아무도 상대할 리가 없다. 다마노이에서 가불도 어려울 게 틀림이 없다. 먼저, 어머니를 여관에 남겨 두고, 쓰노하즈(角筈)를 벗어나 아침 길을 카페에서 카페로 걸어 본다. 아침의 카페 뒷문은 더럽고 쓸쓸하다. 용기를 내라, 용기를 내라고 신음해 보지만 어쩔 수가 없다. 금성이라는 가게에서 일하기로 한다. 금성이란 건 이름뿐이고, 지옥의 별이라고 해야 할 것 같은 빈약한 가게. 먼저, 여기에서 불꽃을 팍 쏘아 올립니다. 유곽 집이 늘어서 있어서, 손님은 상당히 있는 형편이다. 부엌에서 여자아이가, 내게 넓적한 전병을 한 개 주었다. 문득 눈물이 넘쳐흐를 것 같았다. 가게에서 15전짜리 양말을 산다.

여관비는 한 사람 15전. 당분간은 두 사람 70전의 선불로 이 여관이 안주의 장소 혼고의 바에서 굴튀김과 공기밥을 1인분 사서 어머니와 나는 점심을 먹었다.

저녁에, 금성에 출근. 여자는 나를 포함해서 3사람. 내가 가장 젊다. 네프류도흐[162]는 찾을 수 없는 것인가 생각한다. 걱정 없이 표정만으로 "네에." 하고 말해야 하는 거라면, 다소 처진 얼굴이라도 조금은 심보 고약하게 팁을 벌어야 한다. 아아, 팁이란 뭘까. 거지와 조금도 다를 게 없다. 온 힘을 다해 "네"라고 하지 않으면 안 되는 장사. 뭘 써서 방편으로 삼는다는 건, 아아, 멀다. 이제 남의 눈이 없으니 너저분한 변소 안에서 혀를 내밀어 본다. 뭔가 쓴다는 것은 희망이 없다. 아무것도 할 수가 없다. 시를 쓰는 것 따위는 가장 어리석은 일이다. 보들레르가 뭐길래? 하이네의 둥실둥실 넥타이는 장식품이예요. 대체, 그 사람들은 뭘 먹고 살았을까….

누자봉, 부자베이다. 바르통, 뭇슈. 저, 죄송합니다라는 말이라고 한다.

안주인에게 하오리를 맡기고 2엔 빌린다. 1엔 50전을 어머니에게 주어서, 전찻길에 있는 목욕탕에 간다. 큰 거울에 비친 건강아. 조금도 어른 같지 않다, 뒤룩뒤룩한 복숭아빛 나신. 머리만 숄을 뒤집어쓴 듯한 복장. 여급들이 꾸역꾸역 들어온다. 얘기를 하고 있다. 때밀이가 바쁜 듯이 여자의 어깨를 툭툭 치고 있다. 폭포가 있는 페인트 그림. 백분이랑 산원(産院)의 광고가 눈에 띈다. 며칠 만에 목욕탕엘 온 건가 생각하니 우스워진다.

거리는 눈이 녹아 어슴푸레 밝은 거리의 네온사인이 멍청해 보인다. 가명을 먼저 요도기미(淀君)라고 할까. 고모리(蝙蝠)의 야스(安)라고 할까…. 사단지(左團次)가 주연한 '오동나무 한 잎'이란 유명한 가부키 무대가 눈앞에 떠오른다. 아아, 도쿄에선 여러 일들이 있었다는 생각이 든다. 괴로운 일들만 있는 주제에, 괴로운 일은 행복한 일이 생기면 모두 제정신을 잃고 잊어버린다. 돈도로 대사의 화살을 풍자해서, 유미

코(弓子)라는 이름으로 하겠다. 활은 단단하면서도 지극히 부드럽다. 탁하고 과녁을 맞혀 주세요

잘 알지도 못하는 손님을 상대로 2엔 수입이 있었다. 무엇보다 기쁘기 한량없다. 진흙창 길 헌 책방에서, 체홉과 톨스토이 회상을 50전에 산다. 1924년 3월 18일 인쇄본. 아아, 언제가 되면 나도 이런 책을 만들 수 있을까….

"누구라도 뭔가를 썼을 때는, 처음과 끝을 잘라내지 않으면 안 된다고 생각합니다. 그래서, 우리 소설가는 거짓말을 제멋대로 하는 거니까. 그리고 짧게 쓰지 않으면 안 됩니다. 될 수 있는 대로 짧게…."

체홉은 이렇게 말하고 있다.

11시경 손님이 잠시 끊겼다. 가게 구석에서 책을 읽고 있으니, 가쓰미(勝美)라는 커다란 여자가 "너 근시구나." 하고 말했다. 또 한 사람은 노부(信) 씨. 아이가 둘이나 있어서 통근한다고 한다. 가쓰미는 피부가 검고, 옥시풀을 면에 발라 얼굴을 닦고 있다. 나는 백분을 바르지 않기로 했다.

얼굴을 만지작거릴 마음이 전혀 없는 거다. 가쓰미만이 가게집에서 살고 있다. 아침에 넓적한 전병을 준 여자아이가, 소매 없는 메린스 옷을 입고 가게에 나왔다. 깡마른 불구아이다.

내일은 다이소지(太宗寺)에 서커스가 오니까 같이 가자고

내게 말한다. 목이 늘어나는 구경거리를 보여 준다고 한다.

아사히마치(旭町)에 돌아온 게 2시. 녹초가 된다. 오늘 밤도 같은 얼굴들.

어쩐지 조금도 졸립지가 않아서, 조그만 램프를 머리맡에 두고 독서.

(1월 × 일)

정말 놀랐다. 톨스토이는 백작이었다. ―소위 톨스토이의 무정부주의라고 불리는 것은, 주요(主要)하며, 동시에 기본적으로 우리 슬라브 반국가주의를 표현하는 것이고, 그것은 진실한 국민적 특징이며, 지난날 우리의 육체 속에 배어들어, 떠돌며 추락하는 우리의 욕망이기도 합니다.― 러시아 역사의 영웅인 작가 톨스토이가, 백작이었다는 것은 오늘날까지 나는 몰랐다. 백작인데 굶어 죽다니.

어머니, 러시아인 톨스토이는 귀족이에요. 놀랄 일이다. 나는 묘한 기분이 들고 온몸이 싸늘히 차가워졌다.

"엄청난 공부군."

은시계를 가진 아주머니가 머리를 빗으며 웃는다.

정말 공부지요… 톨스토이가 귀족 출신이란 걸 처음으로

알았다. 놀랄 지경이다. 나는 톨스토이의 종교적인 색채는 알고 싶지 않지만, 그의 예술은 아름답게 나의 가슴을 두드린다. 당신은 뒤에서 은밀하게 맛있는 것을 먹고 있었겠지요? 안나 카레리나, 부활, 아아 어떻게도 당해낼 수 없는 거대함….

맥없이 금성에 출근.

헤어진 사람 따위는 아득히 깨알만한 추억으로 전락했다. 돈 30엔만 있으면 나는 긴 작품을 써 보고 싶다. 하늘에서 떨어져 내리지 않을까….

하룻밤쯤은 돼지우리 같은 곳에서 자도 상관없다. 30엔을 베풀어 줄 사람은 없는 것일까…. 탁자를 닦고, 의자 다리를 닦는다. 아아 무의미한 일이다. 물을 뿌려 문의 놋쇠 손잡이를 닦는다. 견딜 수 없어진다. 손이 보랏빛으로 부어오른다. 울고 있는 딤플 핸드 여자아이가 비둘기 소리를 내는 피리를 불고 있다. 여자아이가 줄을 지어 가게 앞을 지나고 있다. 모두 창백한 얼굴을 하고 목에만 하얀 분을 바른 묘한 차림새, 틀어 올린 머리에다 뜨개질 수술이 늘어진 것 같은 머리모양, 길이가 긴 겉옷이어서 촌스럽게 보인다. 어두운 겨울의 거친 하늘 아래를 기묘한 행렬이 간다. 누구나 아무렇지도 않게 생각한다. 이런 행렬을 이상하게 여기는 사람은 한 명도 없다. 오늘은 레이스 장식이 있는 에이프런을 산다. 여급의 마크이다. 돈 18전이다. 도쿄의 애수를 노래하기에 어울리는 몹시 추운 날, 발이 차가워서 목욕을 그만두고 의자에 앉아 독서. 너무 춥다. 새 에이프런의 풀냄새가 싫다.

밤.

네댓 명의 직공 같은 남자들이 당번이 된다. 커틀릿, 굴튀김, 볶음밥, 거기에 열 몇 병인가의 술. 구토를 하고 우는 사람도 있는가 하면, 화내며 치근거리는 사람도 있다. 가만히 보고 있으니 상당히 재미있다. 1시간 정도 지나 유곽으로 출정이다.

아아 세상은 넓은 것이라는 생각을 한다. 어떤 여자가 이런 남자들의 상대가 될 것인지 걱정이 된다. 다마노이에 가지 않아서 다행이라 생각한다. 시골에서 오늘 팔려 온 아가씨 행렬에 대해 여러 가지 기억이 떠오른다. 가쓰미 씨는 벌써 상당히 취해서 노래를 부르기 시작했다. 손님은 두 사람. 두 사람 모두 소매 없는 남자용 외투를 입은 상당한 차림새. 노부 씨는 가끔 레코드를 걸면서 오징어를 빨고 있다. 오늘 밤은 장사가 잘되어서 드디어 안에서 화로가 나온다. 가쓰미 씨의 손님은 나에게도 술을 따라 주었다. 맛이 있지도 없지도 않다. 대여섯 잔 비운다. 조금도 취하지 않는다. 나이 먹은 안경 낀 남자가 너는 열 일곱이냐 하고 묻는다. 웃고 싶지도 않는데 웃어 보인다. 이런 점이 스스로도 몹시 역겹다.

8시경 저녁을 먹는다. 오징어 조림을 먹으면서 그 사람은 지금쯤 무엇을 먹고 있을까 하고 걱정이 된다. 결점이 없는 멋진 사람으로도 생각된다. 서로의 어색함은 헤어져 며칠 지나지 않은 사이에 사라져 깨끗해지는 것이다. 홀딱 반할 것 같은 편지를 써서 아주`조금 환어음이라도 넣어 주고 싶은 기분이 든다.

문 닫을 시간이 지난 1시에도 손님이 있었다. 가쓰미 씨는 완전히 취해서 나는 어디에서 왔는가라든지 언제 또는 어디로 돌아갈까라며 알지 못할 노래를 부르고 있다. 좁은 가게 안은 담배 연기로 자욱하고, 손님을 찾아 돌아다니는 사람이나 꽃장수가 몇 번이나 들어온다. '와아'하고 미친 사람처럼 소리치고 싶어진다. 가쓰미 씨는 취해서 화로 속으로 볶음밥을 쏟아 붓고 있다. 기름이 타는 나쁜 냄새가 난다.

귀가 2시 반.

오늘 밤 할아버지가 없는 대신에 아이가 딸린 부부가 자고 있다. 수입 3엔 80전이다. 버선이 새까매서 기분이 나쁘다. 램프를 끌어당겨서 독서. 점점 잠을 잘 수 없다. 모두가 단순한 것을 써야 한다. 어떻게 해서 표도르 세묘노비치가 마리.이바노브나와 결혼했는지, 그것만으로 충분합니다. 그리고 왜 심리적 연구, 상태, 진기함 따위로 소제목을 쓰는 것일까요. 모두 단순한 속임수입니다. 표제는 가능한 한 간단하게, 당신 마음에 떠오른 대로가 좋고 다른 것은 안 됩니다. 괄호나 이탤릭이나 하이픈도 되도록이면 적게 사용할 것, 모두 진부합니다. 과연. 나도 그렇게 생각합니다만 젊은 마음 속에는 좀처럼 그렇게 되지 않은 진기함에 매력을 가지는 것입니다. 그렇지만 언젠가는 나도 체홉의 경지에 다다르겠지요 언젠가는….

생각만이 소용돌이를 이루어 이마 위를 흐른다. 요란하게 소리를 내며 흘러간다. 그리고 바짝 초조해져서 아무것도 쓸 수 없다는 것. 이대로는 아무것도 할 수 없다. 나이를 먹어도 카페 여급으로 있을 생각은 전혀 없다. 어떻게든 신에게 도움을 바라고 싶은 것이다. 노트를 꺼내어 뭔가 쓰려고 연필을 쥐어 보기는 하지만 무엇 하나 말이 떠오르지 않는다. 헤어진 사람의 일이 마음에 걸릴 뿐이다.

조금 전의 일은 모두 꿈속. 있지요, 나는 이렇게 생각해요 라고 말하는 듯한 소설이라도 쓸 수 없는 것일까….

시골에 돌아가고 싶어졌다고 어머니가 말한다. 지당하신 말씀. 나도 또한 시골에 가서 오랜만에 푸른 시골 공기를 마시고 싶지만, 보잘것없는 돈을 벌어서는 아무래도 될 일이 아니다.

(2월 x 일)

아침 안개는 배보다 하얗고
먼 눈물의 유리돌
참혹한 흙 속의 돌
추위에 피는 꽃도 얼어요
추위에 얼어붙은 내 얼굴
소리 높여 거리를 방황하며
그냥 홀로 쓸쓸히 걷는다.

끈적끈적한 더러운 물처럼
가난에 찌든 나를 아무도
위로해 주는 이 없다.
지난 추억을 뒤로하고
세상은 덧없다고 신에게 묻는다.

다 타버린 재처럼 허무한 세상
뿜어대는 탄식의 거품이
떴다가 가라앉는다.
남자가 그리워 노래 부른다.
지옥의 불결 같은

거친 숨결로 사랑을 말한다.

구태여 기델 사람도 없고
언젠가 오리라고 기다려 봐도
튀는 콩처럼 허무한 세상의
덧없음은 흙 속의 유리
바람에 불리며 빛나는 흙 속의 유리.

선악귀천. 각양각색의 음향 속에 나는 쥐죽은 듯이 고요
히 살아가는 하나의 아메바이다. 어머니를 시골에 돌려보내
고 이틀. 이제 무슨 일이건 이 정도로 하고 적당히 살아가겠
다고 마음먹는다. 죽는 건 아무래도 싫어! 그런데도 어떻게
해서든 살아가지 않으면 안 되는 인간의 욕망. 노무라(野村)
씨에게서 엽서가 온다. 너무 간결한 내용이다. "어쨌든 생활
의 활기를 되찾았다. 한 번 오고 싶다. 전날의 편지 고맙다.
돈은 확실히 받았다."

갑자기 그냥 마음만이 달린다. 우시고메(牛込)의 사카나초
(肴町)에서 전차를 내려 우시고메 우체국 쪽으로 걷는다. 조
야(晝夜)은행 옆을 돌아 아와모리야(泡盛屋) 가게 앞에서 들
어간 벤가라(紅殼)를 칠한 작은 아파트 2층의 7번이라고 가
르쳐 주어 문을 두드린다. 아무것도 없는 텅 빈방이다. 어딘

가 막 외출하려는 참인지 그 사람이 모자를 쓰고 서 있었다. 나는 마구 웃었다. 그 사람도 히죽히죽 웃었다. 아주 좋은 곳으로 이사했네요라고 말하자 시집을 1권 내밀며 이제부터는 경기가 아주 좋아질 거라고 말한다. 그런데도 방안은 텅 비어 있다. 노무라 씨는 지금 식당에 밥을 먹으러 가는데 50전을 빌려 달라고 한다.

함께 집밖으로 나온다. 아와모리 술집 앞에 짧은 윗도리 차림의 할아버지가 취해서 쓰러져 있다. 새끼로 꼰 포렴 안에는 북적거리는 사람들, 목욕탕같이 북적거린다.

이타바시(飯田橋)까지 걸어서 송죽식당이라는 곳에 들어간다. 탁자는 모래먼지, 덮밥에 재첩국, 고등어 조림으로 둘 사이가 또다시 좋아진 것 같은 기분이 된다. 이 사람과 있는 것은 숨막히는 일이라고 생각하면서 나는 다시 쾌활한 기분이 되어 '응응' 하고 대답만 좋게 해 보인다. 이 사람과 함께 있으며 우는 일뿐이었다는 것은 모두 잊어버린다.

요즘은 시의 원고료도 다소 나아졌다는 노무라 씨의 이야기이다. 신초샤(新潮社)라는 곳은 시 한 편에 6엔이나 준다고 한다. 부러운 이야기이다. 식당을 나와서 다시 우시고메까지 걷는다. 우체국 근처에서 노무라 씨는 수염이 매우 짙은 땅딸막한 남자와 정중한 인사를 했다. 사사키 도시로(佐々木俊郎)[163]라는 사람으로 신초샤에 있는 사람이라고 한다. 아아 그래서 그렇게 정중한 인사를 해야 했구나라고 생각한다.

나는 마음속으로 뎅 하고 종이 울리는 듯한 쓸쓸한 기분이 되었다. 뭔가를 쓴다는 것은 비참한 일이란 생각을 했다. 1년에 한 번 정도 6엔의 원고료를 받아서는 우선 먹고 살아갈 수 없는 게 아니냐고 하자 그 사람은 화난 기색으로 바람 속으로 퉤퉤 침을 뱉는다. 아파트 앞에서 잘 가라고 하니 그 사람은 나 따위는 돌아다보지도 않고 서둘러 2층으로 올라갔다. 나는 어떻게 하면 좋을지 난처해진다. 아침 안개와, 두 사람이 일어난 부엌, 다마가와(多摩川)에 있었던 때의 두 사람의 초라한 생활을 떠올려 나는 나막신을 쥔 채로 2층으로 올라간다. 문을 여니 노무라 씨는 모자를 쓴 채로 책을 읽고 있다. 나는 정말로 이 사람을 좋아하는지 싫어하는지 나 자신도 알 수 없었다. 가만히 앉아 있으니 카페에 돌아가고 싶어서 견딜 수가 없다. "그럼 돌아가겠어요. 또 가까운 시일 안에 오겠습니다"라고 말하자 그 사람은 옆에 있던 칼을 나에게 집어던진다. 작은 칼은 다다미에 꽂혔다. 나는 '아아.' 하고 마음속으로 한숨이 나온다. 아직도 이 사람은 이런 좋지 않은 버릇을 버리지 못한 것이다. 세타(瀬田)의 집에서도 나는 몇 번인가 칼을 맞았다. 이대로 일어서면 노무라 씨는 내 몸을 발로 냅다 밀칠 것이 틀림없기 때문에 움직이지도 못한다. 몹시 추운 비가 올 것 같은 하늘이 멍하니 눈에 비친다.

누군가가 문을 두드렸다. 나는 일어서서 문을 열었다. 모르는 젊은 남자가 서 있다. 나는 그 사람을 구원의 신처럼 생각하며 '어서 들어오세요'라고 말하고 가만히 나막신을 쥐고 복도로 나갔다. 노무라 씨가 뭔가 말하며 복도로 나왔지만 나는 서둘러 밖으로 나갔다. 감기가 걸린 듯이 머리가 아픈 느낌이었다.

요코데라초(横寺町)의 좁은 거리를 걸으면서 나는 아사쿠사(淺草)에 있는 요시쓰네 씨를 문득 떠올렸다. 플라토닉 러브라고 말한 요시쓰네의 감정이 지금의 나에게는 고마운 것이다.

혼자 있으면 거칠고 난폭한 여자가 된다.

밤.

취해서 노래를 부르고 있는 참에 불쑥 노무라 씨가 들어왔다. 나는 손님 앞에서 노래를 부르고 있던 입술을 가만히 오므리고 잠자코 있었다. 내 순서가 아니었지만, 그 사람에게 돈이 없는 것은 뻔했다. 가슴속이 시려 온다.

가쓰미(勝美) 씨가 꽈리를 불면서 술을 가져갔다. 나는 아랫도리가 후들후들 떨렸다. 가쓰미 씨를 조용히 뒷문으로 불러 "그 사람은 내가 아는 사람인데 돈이 없으니까 말야." 하고 말하자 가쓰미 씨는 알아듣고 밖으로 나갔다. 나는 그대로 유곽 쪽으로 걸어갔다. 다다미 가게의 스가(菅) 씨를 만난다. 어디에 가느냐길래 담배 사러 간다고 하니까 스가 씨는 초밥을 사 주겠다며 포장마차 초밥집에 데려가 주었다. 스가 씨는 노래를 잘하는 사람이다. 서양 세탁소 2층에 첩을 두고 있다는 풍문이었다.

느긋하게 시간을 보내고 돌아가보니 아직 노무라 씨가 있었다. 옆으로 가서 이야기한다. 술을 마시고, 볶음밥을 먹고, 평화로운 표정이었다. 나는 어떤 희생도 상관없다고 생각했다. 10시쯤 노무라 씨가 돌아갔다.

땅속으로 빠져 들어가는 듯한 느낌이 들었다. 애정이라고 할 게 있을 리가 없다고 스스로 깨닫는다.

(2월 x 일)

아침. 오쿠보(大久保)까지 심부름을 간다. 집세를 내러 가는 것이다. 얼마가 들어 있는지 모르겠지만 불룩한 봉투를 보니 이것만 있으면 1, 2개월은 아무것도 하지 않고 살 수 있다는 생각이 든다. 오쿠보의 집주인은 큰 분재가게 주인. 장부에 받았다는 도장을 받고, 차를 한 잔 대접받고 돌아온다.

신주쿠(新宿)거리가 텅 비어 있다. 꽃가게 진열장에 삼색 제비꽃과 히야신스와 장미가 어지럽게 피어 있다. 꽃은 무척 행복하다. 큰길가의 무사시노관(館)에서는 독일 영화 '칼리가리 박사'를 상영하고 있었다. 오랫동안 영화도 보지 않았기에 보고 싶었다. 길을 걸으면서 꾸벅꾸벅 조는 기분이다. 평화로운 느낌, 너무나 고요히 잠에 빠져 있는 유곽을 지나가 본다. 어느 집이건 조화로 된 벚나무가 피어 있다.

　　뒷동네의 노란 하늘에 목수의 톱날 세우는
　　　소리가 나고 있다.
　　유곽촌에 희미하게 보이는 벚꽃 2월의 벚꽃은
　　수족관 안의 금붕어 색깔의 여자 사진 같다.
　　유곽의 심부름꾼이 이불을 말리고 있다.
　　아득히 생각을 짜낸 부드러운 햇살에
　　2층 창문마다 거울이 빛난다.
　　매춘은 언제나 여자의 황혼이다.
　　정성 들인 화장이 더욱 필요하고
　　여자의 희생은 아름답다는 이야기.
　　갑옷이 없는 말, 땀을 흘리는 맨몸의 말
　　경주 때마다 하얀 숨을 토한다.
　　아, 이 승마감
　　기수는 눈을 가늘게 뜨고 넓적다리로 조른다.
　　이상한 얼굴로

다시 태우고 있는 구경꾼

유곽에서 말을 고른다.

잡화가게에서 대학노트 두 권을 산다. 45전이다. 작은 칸
이 있는 원고용지는 보는 것만으로도 오싹해진다. 그 사람이
생각나기 때문이다. 그 사람은 작은 칸 안에 달은 삼각이라
고 쓰고, 별은 직선이라고 쓴다. 삶의 생동감에 넘치는 남자
를 만나고 싶은 것이다. 후아후아 하고 코를 벌름거려 숨을
들이쉴 것이 첫째. 입에 가득 맛있는 것을 집어넣는 것이 둘
째, 누구하고라도 자기 위해서 여자는 살아가고 있다. 지금
은 그런 기분이 든다.

문득 마음이 변해서 다시 우시고메(牛込)로 찾아간다. 노
무라 씨는 부재중. 가구라자카(神樂坂) 거리를 어슬렁어슬렁
걷는다. 헌 책방에서 서서 책을 읽음. 이 정도는 쓸 수 있다
고 생각하면서 헌 책방을 나오니 벌써 차갑게 마음속이 얼
어붙는 듯 쓸쓸해진다. 아무것도 할 수 없으면서 생각하는
것만은 미치광이 같다. 다시 책방에 들러 본다. 닥치는 대로
어수선하게 책장을 넘긴다. 왠지 기분이 가벼워진다. 그리고
다시 집밖으로 나오자 허전해진다. 걷고 있는 것이 시시해진
다. 모든 것은 때를 놓친 수술 같고, 죽음을 기다릴 뿐인 불
안함…

가게로 돌아가니 벌써 청소는 끝났다.

의대생 셋이서 홍차를 마시고 있다. 2층으로 올라가 다다미에 엎드려 데굴데굴 구른다. 입 속에서 누에고치의 실 같은 것을 끝도 없이 토해내고 싶어진다. 슬프지도 않은데 눈물이 넘쳐 흐른다.

(2월 x 일)

비. 목욕에서 돌아와 우시고메(牛込)로 간다.

목에 분을 바르고 있어서 너무 여급처럼 보인다고 노무라 씨가 나무란다. 네, 나는 여급이기 때문에 어쩔 수 없어요라고 말한다. 여급이 어째서 나빠요 뭐라도 해서 일하지 않으면 다른 사람은 먹여 살려 주지 않는 걸요….

이제 내가 일하는 곳에 오지 마세요라고 말하자, 노무라 씨는 재떨이를 집어서 내 가슴에 내던졌다. 눈에도 입에도 재가 들어간다. 갈비뼈가 뚝 부러진 듯한 기분이 들었다. 문으로 도망치자 노무라(野村) 씨는 내 머리채를 잡고 다다미에 내팽개쳤다. 나는 죽은 척하고 있을까 생각했다. 눈이 치켜올라가서 고양이에게 물린 쥐 같은 기분이 들었다. 우리 둘 사이에는 뭔가 서로 안 맞는 게 있다는 생각을 하면서도 헤어지지 못하는 것이 남녀의 묘한 관계인가 보다. 배 위를 몇 번인가 걸어차였다. 이제 단돈 한 푼이라도 가져올까 하고 생각한다.

지바 가메오(千葉龜雄) 씨[164]가 친척이라고 하니 그 사람에게 말해 볼까 생각하기도 한다. 나는 움직일 수 없어서 겉옷을 발에 걸어 새우처럼 구부리고 잔다.

저녁 무렵이 되어 눈이 뜨인다. 그 사람은 뒤를 향해 책상에 앉아 있다. 뭔가 쓰고 있다. 쇠대야의 수건을 드니 수건이 딱딱하게 얼어 있다. 멍하니 알전구를 보고 있으니 어머니가 있는 곳으로 돌아가고 싶어졌다.

가슴의 뼈가 아무래도 아프다. 재떨이는 깨진 채로 흩어져 있다.

빨리 가게에 돌아가고 싶다는 생각도 들지 않았다. 이대로 아침까지 자고 싶다. 추위로 몸이 부들부들 떨렸다. 감기에 걸렸는지 머리가 지끈지끈, 소리가 난다.

조용히 일어나 머리를 고쳐 묶는다. 그날 밤. 일어날 수 없어서 지갑을 꺼내 그 사람에게 카레밥 두 개를 시켜서 둘이서 먹었다. 아무 말이 없어 둘이서 사이좋게 자 버렸다.

(2월 × 일)

아침. 아직 비가 내리고 있다. 진눈깨비 같은 비. 술이라도 마시고 싶은 날이다. 이불 속에서 언제까지나 이것저것 생각하고 있다. 노무라 씨는 빨간 입술을 하고 잠들어 있다. 폐병을 앓는 입술이다. 폐병은 말똥을 끓인 국이 좋다고 누군가에게 들은 적이 있다. 이 사람의 난폭한 성질이 폐병 탓이라고 생각하니 오싹해진다.

다마가와(多摩川)에서 한 번 피를 토한 적이 있다. 하나밖에 없는 수건을 내가 열탕으로 소독한 것을 보고 노무라 씨는 매우 화를 낸 적이 있다. 이제, 이것이 마지막이고 정말로 이별이라 생각한다. 어디에선가 된장국 냄새가 난다. 된장국이 식는 것도 꿈결이던가. 누군가의 시구를 문득 떠올렸다. 왠지 외국에 가 보고 싶어진다. 인도 같은 더운 나라에 가 보고 싶다. 타고르라는 시인도 인도 사람이라고 한다. 노무라 씨는 통근하면서 다시 함께 살면 좋겠다고 말했지만, 나는 마음속으로 그럴 마음이 없음을 확실히 자각하고 있다. 나는 구타당하는 상대가 되어 바보 같은 얼굴을 하고 있는 건 질색이다. 낙천가인 체하고 있는 데엔 질렸다. 당신이 때리지만 않으면 돌아오고 싶어요라고 거짓말을 한다.

가게로 돌아온 것이 점심때. 두부튀김조림과 찬밥. 술도

쉬지 않고 목구멍으로 삼킨다. 근처의 약국에서 파스를 사와서 관자놀이에 붙인다. 갈비뼈가 아파서 가슴에도 파스를 몇 장이나 붙인다.

> 정이 담긴 히아신스 보라색 꽃잎 연빨강 꽃잎
> 향기난다 향기난다 보살님 어깨
> 넓은 바다에 떠다니는 주검 위에 바다속 해초가 파도에
>   밀려온다.
> 향기난다 향기난다
> 멀리 울리는 파도 소리, 파도는 모두 북으로 부서진다.
> 엎드려서 가는 주검의 횃불 봉화 아련하게 향기가 난다
> 현실 세계의 피곤한 염불, 하품 섞인 어느 날의 태양.

자유롭게 작곡을 할 수 있다면 이런 뜻이 담긴 노래를 하고 싶다.

(3월 x 일)

화창한 좋은 날씨이다. 요시쓰네 씨를 떠올리며 공휴일을 즐기고, 혼자서 아사쿠사에 가 본다. 그리운 고만도(こまん堂)

이다, 1전 내고 증기선을 타 보고 싶다. 석유 빛깔 스미다(隅
田)강을 보고 있으니 귤 껍질, 나무 부스러기, 고양이가 물에
불은 것도 흘러가고 있다. 강 건너 부엌에는 뭉게뭉게 연기
가 피어오르고 있다. 고마가타(駒形) 다리 옆의 호리네스 교
회 앞을 그냥 지나쳐, 요시쓰네 씨와도 만나고 싶지 않아서
추어탕 가게에 들어가 실내화의 나무패찰을 받았다. 등나무
다다미에 늘어선 긴 탁자와 아주 얇은 목면 방석, 추어탕에
술을 한 잔 곁들여 준다. 옆의 사냥모자를 쓴 지배인인 듯한
남자가 놀란 표정을 한다. 젊은 여자가 대낮에 술을 마신다
는 것은 이상한 일일까? 거기에는 그 나름대로의 사정이 있
는 것입니다. 구메(久米)의 헤이나이(平內) 씨는 절연한 아내
가 아니었을까… 술을 마시면서 문득 그런 일을 생각한다.
사냥모자를 쓴 남자. "기분 좋은 것 같네요." 하고 웃기 시작
한다. 나도 웃는다.

　보푸라기가 일어난 허리띠에 끼운 만년필 뚜껑이 살짝 엿
보였다. 그 남자도 술을 마시고 있다. 가게 앞에 죽 자전거가
줄지어 서고, 점점 손님이 늘어난다. 마치 천장에 잠자리가
날고 있는 듯한 자욱한 담배 연기, 약간의 술에 기분이 좋아
진다. 추어탕에 메기된장 그릇, 야채 절임에 밥. 거기에 술이
한 병에 80전. 뭐가 어때서 하고 한 마디 해 주고 싶은 좋은
기분으로 문 밖으로 나온다. 넓은 길을 어슬렁어슬렁 걷는

다. 니센몬(二千門) 쪽으로 돌아가 본다. 변함없이 혼잡한 인파다. 발가숭이 인형을 팔고 있는 노점에서 잠시 인형을 바라본다. 역시 재주가 좋으니 팔린다. 낮의 네온사인이 화창한 대낮이라 엷게 빛난다. 종이 달린 사당에서 공원 안으로 어슬렁어슬렁 걷는다.

누구 하나 아는 사람도 없는 산책이다. 조금은 취한 기분. 정말로 그리운 아사쿠사의 냄새. 아와시마신사(淡嶋神社)의 작은 연못 위의 다리에 나가 잠시 쉰다. 비둘기가 무리 지어 있다. 선향 가게의 향냄새가 난다. 아아 어디를 가도 타향 사람이다. 먼지가 많은 바람이 분다. 모든 소리가 소악대처럼 들려 온다.

연못의 돌 위에 등딱지가 마른 거북이가 굼실굼실 기어가고 있다. 곧 좋은 일이 있을 거라고 말해 주는 것이 아닐까 하고 불쑥 머리를 내밀고 있는 거북이의 표정을 가만히 질리지 않고 쳐다본다. "조금쯤은 말이죠, 좋은 일이 있도록 내 생각도 해 주세요"라고 거북이에게 말을 걸어 본다. 욕심 내서는 안 돼. 네 알겠습니다. 무엇을 가지고 싶으냐? 네, 돈을 많이 가지고 싶습니다. 매일 걱정 없이 밥을 먹을 수 있을 만큼 돈을 가지고 싶습니다. 남자는 필요 없느냐? 네, 남자는 필요 없습니다. 그게 정말이냐? 네, 정말입니다. 남자는 귀찮은 존재입니다. 힘들어서 같이 있을 수 없습니다. 나는 무엇

을 하면 가장 좋겠습니까? 그건 몰라. 너무 박정한 말은 하지
말아요. 거북이와 이야기를 하는 건 재미있다. 혼자서 나는
중얼중얼 거북이와 이야기를 하고 있다. 발 밑의 작은 돌을
주위서 더러운 연못에 맥없이 던진다. 거북이 머리가 움츠러
든다. 그 움츠러드는 모양이 왠지 징그럽다. '왓' 하고 웃고
싶어진다. 이런 번화한 곳에 있어서 거북이도 나도 너무나
고독하다. 관세음보살이 뭐냐고 소리치고 싶어진다. 커다란
신당 속에 흙발로 저벅저벅 들어간다. 어두운 구석 등불이
고기잡이불처럼 흔들흔들 빛나고 있다.

저녁 무렵 신주쿠로 돌아간다. 갈 곳도 없어서 가게로 돌
아간다. 2층에서 가쓰미(勝美) 씨가 큰소리로 나니와부시(浪
花節)를 부르고 있다. 전기도 켜지 않고, 어두컴컴한 곳에서
노래를 부르고 있다. 아아, 저것이 경성지색, 경국지색이라
하여 돈만 있으면 자유롭게 되는 것인가. 나도 역시 사람의
자식인가···. 기분이 나쁜 목소리이다.

피곤해서 모포를 꺼내어 눕는다.

아아 이래서는 한평생이 이대로 지나가 버린다. 아무리
해 봐도 안 된다. 눈이 번쩍 뜨이는 일은 없을까···. 뭔가가
폭발할 것 같은 일은 없을까요 신이여···. 모포가 무척 사람
같은 느낌을 준다. 어두운 바깥에서는 "미녀(美女) 씨." 하고
남자가 어딘가의 여자를 부르고 있는 소리가 난다. 오늘 주

인 부부는 아이를 데리고 나리타(成田) 씨에게 갔다. 여주인의 어머니가 집을 보러 와 있다. 요리사인 다이(大)라는 할아버지가 우리들에게 볶음밥을 만들어 준다. 가쓰미가 아래층에서 위스키를 훔쳐 왔다. 사제 조니워커, 어둠 속에서 둘이서 위스키를 병째로 마신다. 1치 정도나 몸이 늘어난 것 같은 느낌이 든다. 문명인이 하는 일은 아니겠지만 어쨌든 이 여자들을 불쌍히 여겨 주세요. 나는 취하면 코피가 나올 것 같은 힘찬 기분이 된다.

(6월 × 일)

가득찬 달이 사라졌다.
악마에게 채여 갔다.
모자도 벗지 않고 모두 하늘을 보았다.
손가락을 빠는 사람, 파이프를 무는 사람,
소리를 지르는 아이들
어두운 하늘에서 바람이 신음한다.
숨통에 고독의 기침이 운다.
대장장이가 불을 피운다.
달은 어딘가로 사라져갔다.

숟가락 같은 싸락눈이 내린다.
서로 으르렁거림이 시작된다.
번 돈으로 달을 찾으러 간다.
어딘가의 난로에 달이 던져 넣어졌다.
사람들은 그렇게 가서 웅성거린다.
그렇게 해서 어느 사이엔가
사람들은 달도 잊고 살아가고 있다.

스틸넨의 자아경 베르테르의 철학, 라블레의 연애 편지. 모두 인생에 대한 거절장이다. 살아가는 것이 부끄러운 것이다. 노동은 신성하다. 누군가가 부추겨 가난한 사람에게 이런 미명을 전가한다. 아니꼬울 만치 빈민을 경멸하고 무학문맹(無學文盲)을 깔보고 싶기 때문에, 여러 가지 규칙이 칭칭 얽어져 제조된다. 빈민은 태어나면서 사생아 같은 것으로 추락해 간다.

행복의 마차는 재빨리 이런 패거리 사이를 쏜살같이 달려 나간다. 모두 그냥 보낸다. 다만, 멍청하게 마구 소리친다. 달을 도둑맞은 것 같은 기분이 든다. 공허하게 떠 있는 행복한 금화 같은 달빛은 사라졌다. 달조차도 만인의 소유물이 아닌 것이다. 나는 귀족은 정말 싫다. 피부에 탄력이 없는 불구자다.

오늘도 난텐도(南天堂)는 주정꾼으로 가득. 쓰지 준(辻潤)

의 대머리에 립스틱이 묻어 있다. 아사쿠사의 오페라관에서 기무라 도키코(木村時子)가 묻혀 준 립스틱이라고 자랑, 모이는 사람은 미야지마 스케오(宮島資夫), 이소리 고타로(五十里幸太郎), 가타오카 뎃페이(片岡鐵兵), 와타나베 와타루(度辺渡), 쓰보이 시게하루(壺井繁治), 오카모토 준(岡本潤).

이소리(五十里) 씨, 우리집에는 금으로 된 다도 풍로가 몇 개나 있다고 소리치고 있다.

뭔지는 몰라도 마음 울적해서…. 와타나베 와타루가 눈을 가늘게 뜨고는 노래를 부르고 있다.

나는 석가모니 시[165]를 낭독한다. "인간, 자포자기한 기분이 되어"라는 구절은 정말 마음에 든다. 자포자기의 기분 속에서 여러 가지 광채가 터진다. 검은 루바시카를 입은 쓰보이 시게지와 허리띠를 맨 가타오카 뎃페이가 히죽히죽 웃고 있다.

쓰지 준이 번역한 스틸넨이 아무리 팔렸다 해도 세상은 그다지 바뀌어 보이지 않는다. 일본이라는 곳은 그런 곳이다. 칭칭 얽어맨 왕국, 돌아오는 길에 가고(ヵゴ)마을의 와카쓰키 시란(若月紫蘭)의 저택에 들른다. 도기 뎃쇼(東儀鐵笛)의 연극 이야기가 있다.

기시 데루코(岸輝子) 씨는 검은 옷을 입고 있다. 나는 이 사람의 음성을 좋아한다. 배우란 어떤 사람일까…. 내겐 아무

재능도 없지만 단지 이렇게 연습하는 구경을 하면서 느낄 뿐이다. 그리고, 요카나안을 외우고, 오필리어를 남의 흉내를 내어 낭독한다. 시인도 되고 싶다. 배우도 되어 보고 싶다. 그리고 화가도 되어 보고 싶다. 젊은 주위에는 마법처럼 다양한 본능이 겁도 없이 꿈틀거리고 있다. 이 젊은 사람들 속에서 어느 만큼의 명배우가 태어날지는 모르겠지만 이 자리에 앉아 있는 때만큼은 행복의 문 앞에 서 있는 듯한 느낌이 든다. 시란(紫蘭)의 저택에서 한 걸음 밖으로 나오면 아무것도 아닌 자신의 장래에 대해 환멸을 느끼게 되지만 낭독을 하고 있는 동안은 행복하다

오늘 밤은 스트린드베리[166]의 번개에 대한 강의가 있다.

돌아오는 길, 가고(カゴ)마을의 넓은 초원에서 반딧불이 날고 있었다. 귀가 12시. 하쿠산(白山)까지 먼 길을 성큼성큼 걸어서 돌아온다.

숯 가게 2층 다다미 4장 반짜리 방이 당장 살 곳. 방세는 4엔. 자취하는 데는 한 무더기 20전짜리 목탄을 사면 연료로는 부족하지 않다. 밀감 상자로 만든 책상 앞에 앉아 다시 일. 동화를 몇 편 써야 도대체 작품이 되는 건지 모르겠다. 신데렐라 같은 것. 이솝 우화 같은 것. 그 어느것도 하나같이 아무 반응도 없다.

온 사방에 갑자기 숯 냄새가 난다. 숯 냄새가 나서 어떻게

할 수도 없다. 신, 신이라는 것…. 둥글다. 둥실둥실, 삼각으로 뾰족뾰족. 어떤 모양을 하고 있지요? 당신은? 수염을 기르고, 눈을 감고, 하얀 날개를 풀고사리처럼 늘어뜨리고 있는 겁니까. 자욱한 진공인가? 신이여! 도대체 당신은 정말로 내 주위에도 서 있는 것인지 말해 주십시오. 꼭 나 같은 사람에게는 오지 않지요? 신이여! 정말로 당신은 인간 주위에 존재하고 있는 것입니까? 신이여. 내게는 조금도 보이지 않는다. 그런데도 나는 보이지 않는 당신에게 애원한다. 어느 누구도 보고 있지 않으니까 잘 봐 달라 조르고, 눈물을 흘리며 가만히 당신에게 빈다. 어떻게든 해서 이 이솝이 내일의 양식이 되도록 그 편집자의 목을 졸라 주십시오 파이프를 물고, 거드름 피우며 2시간이나 그 어둡고 좁은 현관에서 기다린다. 너무나 서투른 자기의 동화를 책머리에 싣고는 뽐내고 있는 듯한 저 편집자에게 벌을 주십시오 간혹 사 주고는 남의 몫을 가로채버린다. 온종일 주발 같은 나이트캡을 쓰고, 파이프를 물고 있는 게 멋이라고 생각하고 있는 남자.

너무 이름 없는 작품은 싣고 싶지 않다고 한다. 독자인 어린이가 무명인지 유명인지 알 수도 없을 것이다. 열심히 써 보았는데, 쓸데없는 것일까 하고 필사적이 된다. 나는 몇시간이나 기다리곤 놀림감이 되어버린다. 한 장에 30전이 아니어도 좋아요 20전이라도 좋으니까 받아 주세요라고 부탁해 본다. 그러면, 특별입니다라며 얼마 전에도 10장에 1엔 50전을 주더니 이거 정말 흥정을 잘하는군. 안데르센이라도 읽으세요. 네, 안데르센을 읽겠습니다. 현관을 나오자마자 와아 하고 떠나갈 듯 한숨을 쉰다.

그 편집자. 전차에 치여 안 죽나 하고 생각한다. 잡지도 보내 주지 않는다. 책방에서 서서 읽으니 내 동화가 어느 사이엔가 그의 이름으로 당당하게 책머리를 장식하고 있다. 첫머리도 끝도 고쳐 썩어 있지만, 내가 쓴 수선과 왕자가 분명히 삽화로 나와 있다. 다음 원고를 가져갈 때, 나는, 그런 것은 전혀 모르는 체 싱글벙글 웃어야만 한다. 다시 두 시간이나 기다리고, 계속 웃는 얼굴로 있어야 하는 일에 지쳐 버린다. 아아, 싫다 하고 한숨이 나온다. 신이여! 이래도 악인이 판치도록 두는 것입니까.

동화가 싫어지자 시를 쓴다. 그렇지만 시도 전혀 팔리지 않는다. 봐 두지요라고 말하고 모두 안개처럼 잊어버린다.

신이여, 도대체 어떻게 살아가면 좋은지 나는 모르겠습니다. 당신은 어디에 서 있는 것입니까.

(6월 × 일)

아침. 무거운 머리를 흔들거리며 혼고 모리카와초(本鄕森
川町)의 잡지사로 간다. 전찻길에서 나이트캡을 쓴 남자를
만난다. 웃고 싶지도 않지만 정중하게 웃으며 인사한다. 그
남자는 회사에 가는 길에도 시집 같은 것을 읽으면서 걷고
있다.

현관의 어두운 토방 쪽에서 벽에 기대어 다시 기다릴 준
비를 한다. 작은 여자아이가 나와서 싫은 기색을 하며 나를
보고는 안으로 들어간다.

『빨간 구두』라는 원고를 펼쳐, 나는 계속해서 같은 줄을
읽고 있다. 이제 이 이상 솜씨 좋게 덧붙일 곳도 없지만, 언
제까지나 벽을 보고 서 있을 수도 없는 것이다. 아아 역시 연
극을 할까 한다.

시계는 12시를 치고 있다. 2시간 이상이나 기다렸다. 여러
사람의 출입으로 방해가 되지 않도록 서 있는 것이 재미없
어져서 밖으로 나온다. 어째서 저 남자는 냉혹하고 무정한지
확실히 모르겠다. 무력한 자를 놀리는 것이 기분좋을지도 모
른다.

걸어서 네즈 곤겐(根津權現) 뒤쪽 하기와라 교지로(萩原恭
次郎)가 있는 곳으로 간다.

세쓰(節)는 빨래, 아기가 달려나온다.

아침도 점심도 먹지 않아서 온 몸이 공기가 빠진 것처럼 힘이 없다. 아이가 안겨 오자 바로 엉덩방아를 찧어 버린다. 교 씨네 집도 일전 한 푼 없다고 한다. 교 씨는 마에바시(前橋) 쪽으로 돈을 마련하러 갔다.

긴자(銀座)의 다키야마초(瀧山町)까지 걷는다. 조야(畫夜)은행 앞의 지지신포사(時事新報社)에서 출판하고 있는 '소년 소녀'라는 잡지는 비교적 좋다고 들었기 때문에 가 본다.

담당자가 아무도 없었기 때문에 원고를 맡기고 밖으로 나온다. 사방 가득 식욕을 돋구는 냄새가 소용돌이를 이루고 있다. 기무라야(木村屋)의 가게 앞에서는 막 구워낸 팥빵이 진열장 유리를 뿌옇게 흐리게 하고 있다. 보라색 팥이 든 단팥빵, 도대체 어디 사는 누구의 위를 채울 것인가….

4번가의 거리에는 삼엄하게 순경이 몇 명이나 서 있다. 누군가 황족이 지나간다고 한다. 황족은 대체 어떤 얼굴을 하고 있는 것일까. 평민의 얼굴보다 멋질까. 천천히 걸어 카페 라이온 앞으로 간다. 문득 쳐다보니 길가의 천막집에 미야코(都) 신문의 광고 접수처라고 쓴 종이가 붙어 있었다. 천막 속에는 탁자 하나에, 의자가 하나, 옆으로 다가가니 중년 남자가 "광고입니까"라고 말한다. 접수계에서 일하고 싶다고 말하자 이력서를 제출하세요라고 해서, 이력서 종이를 살 돈이 없다고 하니까 그 남자는 깜짝 놀란 얼굴로 "그럼 여기에 간단히 써 주십시오. 내일부터 와 보세요"라고 친절하게 말했다. 까칠까칠한 용지에 연필로 이력을 써서 건넨다. 이 주변은 카페 여급 모집 광고가 많다고 한다. 황족이 지나가신다고 하니까 거리는 물을 끼얹은 듯이 매우 고요해진다. 모두 고개를 숙이고 움직이지 않는다. 순경의 긴 칼이 울린다.

사람들의 행렬 맞은편을 시끌시끌하게 자동차가 지나간다. 자동차 속의 여자 얼굴이 가면처럼 하얗다. 단지 그 정도의 인상, 민중은 대충 숨을 되돌리고 걷기 시작한다. 홀가분해졌다. 내일부터 와 보라고 하니 갑자기 나는 활력이 넘치게 되었다. 일급으로 80전이라고 하는데 나에게는 과분한 돈이다. 전차비는 따로 지급해 주기 때문이다. 그 남자 눈꼬리의 사마귀가 호인으로 보인다.

"내일 일찍 오겠습니다"라고 말하고 막 걸어가자 그 사람이 천막에서 나와서 나에게 아무 말도 하지 않고 10전짜리 동전을 하나 주었다. 인사를 하는 순간에 눈물이 흘렀다. 신이 아주 조금 옆으로 다가온 듯한 따뜻한 행복을 느낀다. 굶주림이 언제나 질기게 따라다니고 있던 나에게 내일부터 행복해질 징조의 바람이 불어온 것 같은 느낌이 든다. 오늘 아침, 나는 쌀 가게에서 받은 쌀겨를 뜨거운 물에 씻어 끓여 먹었는데 뭐가 잘못 되었는지 배가 아프다. 몸을 펴서 일할 수

밖에 없다고 생각한다. 팔리지도 않는 원고에 고집스레 미련을 가지는 것 따위는 바보스러운 일이다. 『빨간 구두』 원고는 그대로 또다시 사라지는 게 틀림없다.

그 황족 부인은 어떤 운수를 타고난 사람일까? 가면처럼 하얀 얼굴을 아래로 향하고 있었다. 어떠한 것을 드시고, 어떠한 생각을 가지시며, 간혹 화도 내실까? 그처럼 고귀한 분도 아이를 낳는다. 단지 그것뿐이다. 인생이란 그런 것이다.

저녁 무렵부터 비.

우산이 없어서 내일 아침 일을 생각하니 우울해진다.

밤 늦게까지 비. 어딘가에서 붓꽃을 본 것 같은 자줏빛 색채의 추억이 눈동자 속을 흘러간다.

(6월 x 일)

앞은 라이온이라는 카페이고, 그 옆은 넓이 한 칸의 작은 넥타이 가게, 넥타이가 발(簾)처럼 좁은 가게 가득히 드리워져 있다.

오늘로 4일째다.

3줄 광고 접수로 바쁘다. 한 줄이 50전인 광고료는 비싸다고 생각하지만, 여러 사람이 광고를 부탁하러 온다. 기생 모

집, 연령 15세에서 30세까지, 의복 상담, 신주쿠(新宿) 주니소
(十二社) 무슨 집이라는 식으로 신청하는 사람의 주문을 3줄
로 줄여서 접수하는 것이다. 아사쿠사(淺草), 마쓰바초(松葉
町) 카페 드래곤이라는 곳에서 여자를 구하길래, 나는 여러
가지 공상을 하면서 접수한다.

햇빛이 쨍쨍 내리쬐는 거리를 아름다운 여자들이 간다.
나는 아직 색이 바랜 플란넬을 입고 있다. 더워서 어쩔 수 없
으니, 가까운 시일 안에 유카타도 한 벌 사고 싶다.

눈앞의 카페 라이온에서는 눈이 확 뜨일 것 같은 화려한
모슬린을 입은 여급이 들락날락하고 있다. 세상에는 아름다
운 여자들도 있는 법이라는 생각이 든다. 마치 인형 같다. 일
등 미인을 모집하는 것임에 틀림없다.

이런 떠들썩한 거리는 문학과는 전혀 관계가 없다. 돈만
있으면 어떠한 향락도 가지고 싶은 대로 가질 수 있다. 그런
흐름의 소리를 나는 천막 안에서 가만히 응시하고 있다. 간
혹 거지도 지나간다. 하느님 같은 사람은 지나가지 않는다.
그런데도 점심때 샐러리맨들은 모두 이쑤시개를 입에 물고
걷고 있다. 바지 주머니에 손을 집어넣고 맥고 모자를 뒤로
젖혀 쓰고 이쑤시개를 껌처럼 씹고 있다.

나는 천막 안에서 여러 가지 공상을 한다. 탁자 서랍 속에
는 까칠까칠한 큰 50전짜리 은화가 쌓여 간다. 이것을 가지

고 도망치면 어떤 죄가 될까…. 광고주는 모두 영수증을 가져오기 때문에 아무리 시간이 지나도 광고가 나오지 않으면 격한 소리로 항의해 올지도 모른다. 이 정도의 돈만 있으면, 어떤 여행이라도 할 수 있다. 외국에 갈 수 있을지도 모른다. 이 돈을 가지고 어딘가로 가는 기차를 탄다. 그리고 그것이 죄가 되어, 손을 묶이고 감옥에 간다. 공상을 하고 있으니 머리가 멍해진다. 반 정도를 어머니에게 보내 주면, 무슨 좋은 사람이라도 만났느냐고 시골에서는 놀랄지도 모른다. 어머니, 아버지 두 사람 모두 불러들일 수도 있다.

이상적인 동인잡지를 낼 수도 있고, 자비출판으로 아름다운 시집을 낼 수도 있다.

탁자의 열쇠를 가만히 바라보고 있으니까 가슴이 두근두근거린다. 서랍을 열어서 돈을 헤아린다. 백 엔 이상이나 있다. 큰돈이다. 은화가 겹쳐진 위에 손바닥을 딱 맞추어 본다. 정신이 아찔해지는 듯한 유혹에 사로잡힌다. 나 이외에는 여기에는 아무도 없다. 4시가 되면 그 눈꼬리에 사마귀가 있는 사람이 돈을 가지러 온다.

죄인이 되는 기적.

무슨 죄가 되고, 어느 정도 감옥에 들어가 있는 것일까….

신(神)이 이런 마음을 주는 것이다. 신이.

「아침부터 밤중까지」[167]에 나오는 은행원 기분이 된다.

프러시아의 프레데릭은 "누구라도, 자기자신의 방법으로 자기를 구하지 않으면 안 된다"라고 말했다고 한다. 아아, 누군가가 돈을 가지고 이 천막을 방문한다. 나는 연필을 핥으면서, 주문자를 대신해서 3줄의 문장을 엮는다. 모두 아름다운 노예를 찾을 속셈이다. 그 속셈을 3줄로 엮는 것이 나의 일. 이제 나의 머리 속에는 시도 동요도 아무것도 없다.

긴 소설을 쓰고 싶다는 생각을 하는 때가 있어도 그것은 단지 생각뿐이다. 생각뿐인 한 순간이 휙 어딘가로 달아난다.

화류(花柳)병원[168]의 광고를 부탁하러 오는 의사도 있다. 광고문을 '기생모집, 화류병원'이라고 써 달라니 정말 실속 있는 생각이다. 나는 비아냥거리는 웃음이 쏟아진다. 모든 파우스트는 여자에게 결혼을 약속하고 나서 곧 여자를 버린다. 3줄 광고에도 여러 가지 세상이 움직인다. 산파 광고가 매일 들어오는 것도 그 증거다. "아이를 남에게 주고 싶은 사람, 입양하고 싶은 사람, 뭐든 친절하게 상담해 드립니다"라는, 광고를 쓰면서 나는 사생아를 낳으러 가는 여자의 신음 소리를 듣는 것 같은 기분이 든다.

그리고, 나는 매일 사마귀 씨에게서 80전의 일급을 받아서 혼고까지 종종거리며 걸어 돌아오는 것이다.

감화원, 양로원, 정신병원, 경찰, 비밀탐정, 멋진 여자, 다마노이 유곽, 네즈(根津) 근처의 풋내기 매춘집, 세상의 모든 모습이 도시의 배경 속에 있다.

어느 작가는, 작가 지망생 3만 명의 맨 마지막에 붙을 작정이면 자네 뭔가 써와 봐…라고 말한 적이 있다. 아아 겁낼 만한 영혼이다. 그 편집자가 나를 두 시간이나 기다리게 한 근성과 조금도 다를 바 없다.

나는 평생, 이 길거리 천막의 광고쟁이로 끝날 용기는 없다. 천막 속은 6월의 태양으로 찌는 듯이 덥다. 먼지를 뒤집어쓰고 나는 겨우 조그마한 연필을 주무르는 것만으로 살아가고 있다.

홋카이도(北海島) 어딘가의 탄광이 폭발했다고 한다. 사상자 다수 있을 듯함… 긴자(銀座)의 도로는 요염하게 흐물흐물할 만치 덥다. 태양은 종횡무진. 신문에는 주식으로 대부호가 된 스즈키(鈴木) 모 부인의 병이 기사화되어 있다. 겨우 주식으로 돈을 번 여자의 병이 어떻든, 범죄는 내 근처에 잠시 머무르고 있다.

주식이 뭔지 나는 모른다. 불로소득이라는 행운인 걸까. 인생은 태어날 때부터 뭔가의 영향으로 고달픈 신세에 빠져 있다.

3만 명의 뒤꽁무니에 붙어 소설을 썼다고 한들, 도대체 그게 뭘까. 운이 따라 주지 않으면 아무리 해도 꼼짝하지 못한다.

밤. 혼자서 아사쿠사에 간다. 작은 악대의 소리를 듣는 건

기분이 좋다. 누군가가 일본의 몽마르트라고 말했다. 나에게는 아사쿠사만큼 즐거운 곳은 없다. 야쓰메(八ッ目) 장어 가게 옆거리에서 30전짜리 초밥을 큰마음 먹고 산다. 차를 잔뜩 마시고 가게의 금붕어를 쳐다보고 야나기 사쿠코(柳さく子)의 브로마이드를 그림엽서 가게에서 잠깐 쳐다본다.

어느 거리에도 습기찬 바람이 불고 있다.

문득, 시를 쓰고 싶어지는 순간이 있다. 걸으면서 눈을 가늘게 뜬다. 어디에서도 상대가 되지 않는 재능, 그 편집자의 일을 생각하니 소름이 끼쳐 온다. 감쪽같이 남의 원고를 바꿔치기한 남자, 이 불쾌감은 평생 안 잊을 거다. 나에게도 증오의 얼굴이 있다. 언제나 웃고 있는 것이 아닙니다. 웃는 얼굴로 질식할 것 같은 기분을 행복한 인간은 모를 것이다. 나는 그런 인간 앞에서 웃고 있으면 가슴속에서 호흡이 멎을 것 같은 질식감에 사로잡힌다.

하나의 불운이 그렇게 만드는 것이다.

잔혹한 인간의 마음, 체홉의 아르비온의 딸과 같은 것이다.

초밥 가게에서 차 줄기가 두 개나 섰기 때문에[169] 눈을 감고 점괘가 쓰인 종이조각을 단숨에 삼켜버렸다. 그렇기 때문에 당신은 치사하다는 것이다. 아주 조그마한 일에라도 기대를 가지고 싶어한다. 고작 광고쟁이인 여자에게 누가 무엇을 해 준다는 거야 하고 하느님 같은 자가 속삭여 온다. 그리고

그 쌀겨, 촌스럽고 지겨운 냄새나는 쌀겨…. 돌아오며 갓파
바시(合羽橋)로 빠져서 아이조메초(逢初町) 쪽으로 나오는 곳
에서 쓰지 준(辻潤)의 아내라는 고지마 키요 씨를 만난다.

아이조메의 야시장에서 러시아 사람이 기름에 튀겨 백설
탕을 묻힌 러시아빵을 팔고 있었다. 2개 산다.

현실로 돌아오니 일급인 80전은 상당히 고맙다.

(7월×일)

엷게 흐린 날 4년간 살아온
도쿄의 도심가를 빠져 나온다.
탁한 공기 같은 추억들
오후에 그치는 비
그물망을 새어나오는
매미 소리처럼
내 가슴의 피는 멈추며 돈다.
니시카타초의 울타리에 핀 들장미
바람에 어즈러이 나부긴다.

틈을 빠져서

추억은 이 공기의 탁함,
오후에 그치는 비
매미 소리 그물코같이.
가슴이 뛰고 멈추며 도는 피
니시카타초(西片町)의 어느 울타리의 들장미
여기저기에 사로잡히는 바람

작은 시인이여
하릴없이 방황하는 시인 궁해서 춤추는 돈 없는 시인
적막의 무게에 눌려
방황은 여행의 꿈을 찾는 흔적
어딘가에서 거문고 소리가 들린다.
사라지는 거문고 소리처럼 내 꿈도 사라진다

니시카타초의 조용한 아침
금붕어 가게의 휴식하는 처마
가라앉은 동그란 물,
붉은 꼬리와 지느러미의 순간의 춤

목이 마르다.
새하얀 이(齒)가 물에 젖는다.

비파 나무 열매 물방울을
마당 그늘 아래서 훔쳐 마시는 기쁨
시큼한 맛에 놀란 혀가
서투른 영어처럼 얼얼하다.

불유쾌한 성경의 가죽표지에서 눅눅해진
   개가죽 냄새가 난다.
니시카타초의 저택의 냄새, 썩은 채 뒹구는
   비파 나무 열매 냄새다.
나뭇잎 사이로 비치는 햇빛 아래의 천 고양이
아주 고요히 조용해지는 니시카타초

금붕어 가게의 밀짚모자가 흔들리고 시인도 웅크린다.
원에 비치는 수경, 구름에 뜨는 금붕어의 합창
생사의 정도는 지금도 모른다.
그냥 이 모습이 있는 동안에 드세요

서양세탁의 페인트 차
하얀 도기 표찰과 호령
시간이 멈추는 한 순간의 아침
이 집들이 시치미 떼고 악을 미워한다.

페인트 차는 꿈을 쫓아가는 시인
어쨌든 거짓울음 소리
세상에 소리치는 아무것도 가지지 못한 시인
개벽이란 오늘의 일이다.
어제는 이미 벌써 사라지고
있는 것은 오늘뿐, 지금의 현실
내일은 오는 것일까…
내일이 있는 것인지 시인은 모른다.

(7월 x 일)

얼룩덜룩한 얼룩덜룩
인생의 푸르름의 저편
무겁고 가볍게 살아가는 얼룩덜룩
등불에 다가가는 잠자리
단지 이끌려 살아간다.
홀연히 사라지는 것도 모르고
희망 있는 듯한 얼룩덜룩 얼굴
악념과 원한으로 살아온 생활
어차피 죽을 날이 있기까지는

미슈킨님의 분노 절망

하필이면 어두운 얼굴
인생의 행복은
아득히 멀리 있다.
참을성 있게 잘도 질리지 않고
M단추를 풀었다가 끼웠다가
번쩍이며 내뿜는 불꽃 숨

얼룩덜룩 참을성 있는 두꺼운 얼굴
끊임없이 전동하는 얼룩덜룩
가끔은 자양화의 지위, 명예
계집종이 냄비 밑바닥을 닦는 용모
가볍고 무겁게 충돌하는 얼룩덜룩
다실에는 충효, 난간에는 '洗心' 이라 쓴 액자가 있고
벽에는 욕심내 사모은 골동품이 있다.
아아 나는 이 집의 계집종이 되어
매일매일 냄비 밑바닥을 닦는 것이다.
얼룩덜룩의 위선!

내가 왜 이런 곳에 있는 건지 모르겠다. 다만 왠지 가정다

운 것을 동경해 온 것 같은 애매한 기분뿐. 5엔의 수당으로 는 어떻게도 할 수 없다. 주인께선 대학의 선생님이라고 한 다. 무엇을 가르치는지 확실히 모른다. 영국에 갔었던 경력 이 있다고 한다. 매일 아침, 빵, 우유 한 병, 수염을 깎고 엷은 남빛의 우산을 가지고 출근하신다. 대학교까지는 엎드리면 코 닿을 데인데도 우산이라는 장식이 필요한 것이다. 덥건 춥건 동요하지 않는 인품이다. 역사에 대해 강의한다고 하지 만, 나는 한 번도 강의를 들은 적은 없다. 부인은 연상으로, 벌써 오십쯤은 되었을 것이다. 깊이 패인 가면 같은 얼굴, 문 패의 글자를 새긴 도기같이 짙은 화장. 부인의 조카가 한 명, 적갈색의 윤기 없는 머리카락을 귀를 가리게 묶고 거울만 보고 있다. 이마가 무척 넓고, 눈이 조그만 게 송사리를 닮았 다. 삼십을 넘긴 사람이라고 하지만, 목소리가 아름답다. 이 렇게 더운데도 항상 양말을 신는 딱딱함, 나는 이 다미코(民 子) 씨의 맨발을 본 적이 없다. 기쁘거나 슬프거나 하면 내 인생에 권태를 느끼기 시작한다. 우연에서 생겨난 체험, 그 런 것에는 손들었고 남자와 함께 있는 것도 싫고, 밤 술집 근 무도 오래 할 게 못 된다면 결국은 식모라도 될 수밖에 없는 데 이것도 내 성격에는 맞지 않는다. 오늘로 3일이 되는데 왠지 있기 싫다. 여기 덧문의 개폐가 번거로운 깃처럼 정말 익숙해지지 못한 일뿐이다. 강한 자만심이 꺾여 버린다. 정말이지 편한 일은 아니지만, 편하려고 생각하지 않는 대신에 아주 조금 나만의 시간을 가지고 싶다. 식모 같은 부류가 늦은 밤까지 책을 읽거나 해선 일을 시키기 힘들 게 틀림없다. 이쪽도 창피한 일이다. 오늘 밤에야말로 빨리 전기를 끄고 잠들려고 생각하지만, 어두운 곳에서는 더욱 유난히 머리가 맑아진다. 과거와 미래의 일이 번거롭게 떠올라 허공을 흩날리는 빠르기로, 눈동자 속을 여러 글자가 날아간다.

빨리 노트에 적어 두지 않으면 이런 재빠른 글은 사라져 잊어버리는 것이다.

어쩔 수 없이 전기를 켜서 노트를 끌어당긴다. 연필을 찾고 있는 틈에 좀전의 빛나는 것 같은 글은 깨끗이 잊어버려서 한 조각도 떠올릴 수 없다.

다시 불을 끈다. 그러자 다시 갓난아기의 울음 소리 같은 앳된 문자가 눈앞에 반짝인다. 점점 피곤해진다. 어느 사이엔가 꾸벅꾸벅 꿈을 꾼다. 천막 속에서 광고쟁이를 하고 있던 꿈. 아사쿠사의 거북이, 온화한 생활이라는 것은 내 인생에서는 이미 다 타버렸다. 자기 착각인지 이상한 광기의 연속, 다만 영락해 가는 무의미한 한 모퉁이, 햄슨의 굶주림 속에는 아직 뭔가 계획을 가진 희망이 있다. 자신이 살아가는 방식이 무의미하다고 느꼈을 때의 따분함은 서투른 악보처럼, 고르지 않은 탁한 멜로디로 언제까지나 귓속에서 울리고 있다.

(7월 x 일)

　더워서 가슴과 등에 땀띠가 생긴다. 허리띠를 단단히 매고 있어서 몹시 덥다. 맴맴 하고 매미들이 울어댄다. 부엌에서 물을 몇 잔이나 마신다. 창문을 거의 덮고 있는 팔손이나무의 잎이 후덥지근하다. 내일은 일단 휴가를 얻어 센다기 (千駄木)로 돌아가려고 한다.

　이래서는 어떻게도 할 수 없다. 5엔의 수입으로는 시골로 송금도 할 수 없다. 마음이 담긴 아름다운 세계는 어디에도 없다. 스스로 자신을 멸시하는 것뿐이다. 자만심이라는 것이 첫째로 자신을 불우함 속으로 밀어 넣고 있다. 글을 쓰고 싶다는 생각만으로 글이 써지는 게 아닌데, 기발한 생각만 하는 나 자신을 비웃을 뿐, 남에게는 말할 수 없지만 그런 내가 우스꽝스럽다. 진실한 것은 아무것도 쓸 수도 없으면서 고작 시골뜨기인 내 머리 속에 문자가 깜빡인다는 건 웃기는 거다. 도대체 문학이란 무엇일까요? 신이여, 때때로 기묘한 인생이 내게는 존재하고, 그리고 거기에 흘려 나는 살고 있다. 뭔가를 해 본다. 그리고 그 뭔가는 곧 성공하지 못하고 바로 끝난다. 자신이 없어진다.

　실패는 사람을 겁먹게 한다. 남자에노 직업에도 니는 실패만 하고 있다. 별달리 누가 나쁘다고 원망하는 것도 아니지만 잘도 이렇게, 신은 나라는 보잘것없는 여자를 괴롭히시는 것이다. 신이라는 것은 심술궂은 것이다. 당신은 전율이라는 것을 느낀 적이 없을 테지….

시끄러운 소리를 내며 여름철 탕약 장수가 골목길 입구로 온다. 행상을 하는 남자를 볼 때마다 행상을 하고 있는 의붓아버지를 떠올린다. 가끔은 50엔 정도도 척 보내 줄 수 없을까 하고 생각한다. 이웃집 울타리 밑에 해바라기가 높게 등을 돌리고 피어 있는 것이 보인다.

내세에는 꽃으로 태어나고 싶은 듯한 서글픔이 느껴진다. 해바라기의 노랑색은 관용의 색채, 그 색채의 테두리 속에 자연만이 무한한 아름다움을 지니고 있다. 인간만이 고민하고 괴로워하는 내력을 기묘한 일이라 생각한다. 부인이 가까운 시일 내 니가타(新潟)로 귀향하므로, 빨리 이 집을 나가야 한다.

저녁 무렵, 야에가키초(八重垣町)의 바느질 가게에 부인의 갓 지은 여름 하오리를 가지러 간다. 길을 걸으며 한숨 돌린다. 어느 거리에나 물이 뿌려져 있다. 오늘은 아이조메(逢初) 신사 축제일이라고 어느 야채 가게 앞에서 사람들이 서로 이야기하고 있다. 바나나가 맛있을 것 같고, 물오이도 나와 있다. 오랫동안 물오이도 먹은 적이 없다.

문득 시골로 돌아가고 싶은 기분이 든다. 빨간 하카마를 입은 교환수 같은 여자 서너 명이 내 앞을 떠들어대면서 지나간다. 다이쇼(大正) 거문고의 음색이 난다. 계절다움이 깃든 황혼이다. 돈만 있으면 여행도 할 수 있겠지, 이 계절다움이 원통해진다. 언제까지나 일 찾기로 비틀비틀, 20세인 내 청춘은 썩어가는 것인지도 모른다. 떠도는 대로 그냥 맡겨버린 생활에도 정말 신물이 난다.

자기 자신다운 안정된 장소라는 것은 좀처럼 발견되지 않는다.

인생이라는 것은 이렇게 뭔가 어수선하게 바짝 다가서면서 일부러 탁한 쪽으로, 괴로운 쪽으로, 따분한 쪽으로 흘러가 버렸다. 그리고, 사람들은 부주의하게 감기에 걸린다. 어디에서 걸린지는 알지 못한다. 밤, 송사리 사모님이 울고 있었다. 어떤 이유에서인지는 모르지만, 허둥대며 울고 있다. 하얀 커버를 씌운 방석이 쌓여 있는 어두운 곳에서 울고 있다. 서재는 무척 고요하다.

부엌에서 혼자서 식사, 다음날도 그 다음날도, 미지근한 된장국과 밥, 겨된장에 담근 오이 하나를 꺼내 몰래 먹는다. 아아, 가끔은 잼 바른 빵을 먹고 싶다.

부인이 작은 목소리로 꾸짖는 소리가 난다. 은혜를 원수로 돌려받은 것이라는 소리가 들린다. 힉자의 집이라 해도 여러 가지 일이 있다. 송사리 사모님의 겉치레를 좋아하는 버릇이 송두리째 물러가 버렸다. 그 뒤엔 소리를 내서 운다. 여자가 우는 소리가 아름다운 데에 마음이 설렌다. 자포자기로 다시 겨된장에 담근 가지를 꺼내서 먹는다.

시큼한 국물이 혀에 넘친다.

후텁지근한 더위다. 풍경 소리가 가끔 늘쩍지근하게 울린다. 내일은 이 집을 나가고 싶다. 어쨌든 모기가 많은 것은 참을 수 없다. 부엌을 치우고 몸을 씻고 있으면 심하게 각다귀에 물린다. 피부가 약해서 금방 퉁퉁 붓는다. 유카타를 물에 빨아 널어 놓는다. 좋은 달밤이다. 사진 같은 흑과 백의 그림자로 좁은 마당 여기저기에 하얀 사람이 서 있는 듯한 착각이 든다.

(7월 × 일)

흐린 물을 헤엄치는, 작은 물고기 눈에도 맑은 한여름의 하늘이 빛나고 있다. 무릇, 모범적인 인간만큼 싫은 게 없다. 걷고 있는 인간이 모두 그렇다. 2개의 다리를 번갈아 움직이며 마치 눈앞에 희망이 드리워져 있는 듯 안달하는 행진이다.

이 세상에 어떤 모범이 있는 것일까. 사람을 괴롭히고, 불쾌하고, 거짓말쟁이고, 자신만을 도도하게 생각하는 인간, 입으로 인류라느니 인도주의라느니 말하며 그 송사리 사모님을 감쪽같이 속였음에 틀림없다. 그 연인(戀人)은 평생 허세를 부리지 않으면 격이 떨어진다고 교육받기라도 했음에 틀림없다.

여자에게는 반항하는 자세가 없는 것이다. 금방, 구질구질 울기 시작한다.

밤. 우에노(上野)의 스즈모토(鈴本)에 에이코(英子) 씨와 간다.

네코하치(猫八)의 성대 모사, 가미나리몬 스게로쿠(雷門助六)의 지게무 이야기[170]도 재미있다.

아아 못 해 먹을 짓은 남의 집살이. 센다기(千駄木)에 돌아와 우물에서 물을 뒤집어쓴다.

빨래를 말리러 나와 바람을 쐬고 있으니 별이 매우 아름답다. 땅벌레가 울고 있다. 모기가 날아다니고 있다. 새벽까지 어딘가에서 목탁을 두드리는 듯한 소리가 나고 있다. 오랜 세월을 니시가타초(西片町)에서 살아온 것 같은 느낌이 든다. 에이코(英子) 씨는 이삼 일 지나서 오사카로 돌아간다고 한다.

그 뒤의 일은 다시 생각하면 좋은 것이다. 적어도 이삼 일 아무 일도 하지 않고 푹 자고 싶다.

(7월 x 일)

점심때쯤, 요미우리(讀賣)신문에 가서 기요미즈(淸水) 씨를 면회하러 갔는데 결국 시를 되돌려 받는다. 돌아오며 교 씨에게 들른다. 여기도 돈에 쪼들리는 살림살이다. 세쓰와 툇마루에서 낮잠, 얼음물을 10잔이라도 마시고 싶은 기분으로 눈이 떠진다. 세쓰는 아이를 대들보에 묶어 두고 빨래. 어디에도 갈 곳이 없다. 망막한 기분으로 툇마루에서 다리를 흔들흔들거리고 있으니, 골목 바깥을 늘쩍지근한 노래를 부르며 선전을 하는 무리가 지나간다. 새장에 갇힌 새라도 지혜 있는 새는 남의 눈을 피해 만나러 온다… 웬일인지 그 노래가 내 일인 듯 싶어져 마음속이 따분해진다. 마당 구석에 분홍색 조선 나팔꽃이 가득 피어 있다. 오랜만에 차근차근 꽃이 핀 것을 보았다. 교지로(恭次郎) 씨 좀처럼 돌아오지 않는다. 지갑을 털어서 냄비 우동을 두 그릇 사서 세쓰와 먹는다. 돈은 돌고 도는 것, 결국은 느릿느릿한 속도로 다시 돈이 들어오는 일도 있겠지요

아이조메(逢初)의 축제날은
장사꾼이 가득
가루투성이의 하얀 조선 엿

168

거리 마술은 갈채로 가득
겁쟁이의 산보
카바이드 냄새 나는 등불
바나나 가게의 질끈 동여맨 머리띠
네, 저 굵은 것이 썩는 거예요

고무관으로 듣는 축음기
호머의 시라도 있는 것일까
깊은 산의 왜솜다리와도 닮은 초저녁
냇물을 마시고 명주풀이 파랗다.
수중화는 컵 속에서 한 무리
알프스의 고산 식물답게
남자를 파는 가게는 한 집도 없다.
마른 소라꽈리의 붉은 색
심장이 잠자코 걷고 있다.

아아 다섯 시간만 지나면
다시 어떤 인생이 다가올 것인가
불가능 속에서 후퇴해 가는 다리
조금씩 생각의 색이 변화한다.
깨를 넣은 눈깔사탕을 빤다.

마루에는 끈이 없는 보물상자.

(7월 x 일)

에이코(英子) 씨가 함께 오사카에 가지 않겠느냐고 한다. 오사카에 갈 마음은 없지만 오카야마(岡本)에는 돌아가고 싶다. 오래간만에 어머니도 만나고 싶다. 에이코 씨의 남편에게서 10엔 빌린다. 오카야마까지 가기만 하면 돌아오는 것은 어떻게든 되겠지. 낮에 니시가타초(西片町)에 짐을 가지러 간다. 송사리 사모님이 짐과 50전짜리 동전 6개를 준다. "이 책은 당신 것이 아니지요." 하며 이세모노가타리(伊勢物語)를 꺼낸다. "네, 제 것입니다"라고 말했더니, "아니오, 이것은 우리집 책입니다"라고 말한다. 왠지 석연치가 않아서, "이것은 제가 야시장에서 산 거예요." 하고 부엌에 계속 서 있었다. 송사리 사모님께서 알아보고 오겠다고 말하고 들어갔더니 잠시 후, "면학도군요." 하며 가지고 온다. 책이라는 건 식모 같은 부류가 읽을 게 아니라고 생각하고 있었던 것임에 틀림없다. "있었습니까?" 하고 물으니 송사리 여사께선 대답도 하지 않는다. 아아, 맙소사. 옛날 옛날 한 남자가 있었다는데[171] 대단한 일도 아니다.

밤에 에이코 씨와 에이코 씨의 아이와 셋이서 도쿄역에 간다. 기차를 타는 것도 오랜만이지만, 왠지 도쿄와 헤어지기 아쉬운 기분이다. 헤어진 사람이 갑자기 그리워진다. 80전짜리 여름용 면직 유카타가 어머니께 드릴 선물.

플랫폼은 조용하다, 양식 냄새가 난다. 배웅하는 사람도 뜸하다. 플랫폼에 시원한 바람이 불고 있다. 유창한 도쿄말과도 이별. 요코하마(橫浜)를 지날 무렵부터 차 안이 조용해진다. 야마키타(山北)의 은어초밥을 에이코 씨가 산다. 반씩 먹는다. 에이코 씨의 남편은 목수인데 비할 데 없이 좋은 사람이다. 아무것에도 얽매이는 것 없이, 언제까지나 기차여행을 계속하고 싶은 느긋함이다. 기차를 타고 오카야마(岡山)로 돌아가리라고는 어제까지 생각하지 못했던 일인 만큼 즐거워서 견딜 수 없다. 지난 일은 지난 일로, 또한, 어떻게든 인생의 목적은 변해 가는 거겠지. 미지의 인생이 나를 향해 다가오고 있다. 나는 그렇게 생각한다. 자기의 운명 같은 건 전혀 모르고 있지만, 운명의 신이 어떻게든 생각하시고 계심에 틀림없다. 소름끼칠 듯한 일도 종종 있지만, 이 기차를 탈수 있는 행복은 참으로 고마운 일이다. 도쿄로 다시 올 일이 있으면 10엔은 분골쇄신해서라도 갚지 않으면 안 된다. 니시카타초(西片町)여, 안녕.

무슨 일이건 마음뿐인 게 인생이다. 굉장한 일을 생각해 보았자, 운명에는 대항하기 어렵다. 옛날에 남자가 있었던 것은 아니지만, 아아 그런 일도 있었다, 이런 일도 있었다 하며 어두운 창을 보고 있으니 전원의 불빛이 점점 뒤로 사라진다. 조금도 잘 수가 없다. 하나의 조그마한 편력을 시도하는 것이 나에게 점점 용기를 북돋워 준다. 뭐라도 결사적으로 일하는 것이 제일이다. 시 따위는 이제 절대로 쓰지 않을 것이다. 시를 쓰고 싶은 소망이나 정열은 이제 와서 어떻게도 할 수 없다. 대시인이 되었다 한들 남들은 아무렇지도 않게 생각한다. 미친 사람처럼 될 수 없는 이상, 이 비참한 환경에서 기어 나와야 한다고 생각한다. 밤의 구름이 또렷하게 보인다.

(8월 x 일)

오카야마의 우치야마시타(內山下)에 도착한 것이 9시경. 아직 모두 일어나 바람을 쐬고 있었다. 한 달 정도 전에 의붓아버지도 어머니도 오노미치(尾道)로 돌아갔다고 해서 나는 실망했다. 하룻밤 신세를 지고 내일 이른 기차로 오노미치에 가기로 한다. 하시모토(橋本)는 의붓언니의 집이다. 여학교에 다니고 있는 딸이 두 명, 어릴 때 만났을 뿐이어서 오랜만에 만난 탓인지 두 사람 모두 키가 큰 아가씨가 되어 있었다.

언니인 기요코(淸子)와 목욕탕에 가서 목욕을 마치고, 은행 옆 포장마차에서 설탕을 넣은 시원한 단물을 마신다. 돈이 없다는 말을 하는 것이 무엇보다 괴롭다. 오노미치까지의 기차비는 내일 아침에 말하기로 한다.

무슨 일을 하는지 아무도 묻지 않는다. 그것도 도움이 된다. 오카모토(岡本)는 조용한 동네라는 생각이 든다. 잔잔한 바다. 무더워서 잘 마음이 안 생긴다. 언제라도 도살되기 전의 불안한 상태가 가슴을 짓누른다. 돈 백 엔만 가지고 돌아왔다면, 이렇게 푸대접 받지는 않을 거라고 생각한다.

여학교 2학년인 미쓰코(光子)가 2층에서 늦게까지 영어 노래를 부르고 있었다. 트윈클, 트윈클, 리틀스타, 하우아이, 원다이, 홧뉴아, 휀, 호프 어바웃, 인 더 스카이, 나도 이 노래는 배운 적이 있다. 왠지, 먼 옛날 일처럼 느껴진다. 아버지가 오카모토(岡本)의 쓰루노다마고(鶴の卵)라는 과자를 사 주었던 일을 떠올렸다.

아침, 부엌에서 아침식사를 대접받았지만 돈 이야기를 꺼내지 못한다. 모처럼 왔기 때문에, 친구를 찾아간다고 하고 바깥으로 나온다.

학창시절의 친구를 만나러 가 보았자, 별로 대접받을 수 있다는 기대도 없다. 더운 거리에 내리쬐는 햇빛 때문에 땀

에 흠뻑 젖어, 어수선한 거리로 나온다. 좁은 상점가의 통로
에는 천막이 죽 쳐져서 어둡고 시원한 그림자를 만들고 있
다. 어느 상점이나 깊숙한 느낌이다. 아오키(靑木)라는 서양
식기점을 찾아본다. 돈 한 푼 없이 전락한 친구의 방문만큼
폐가 되는 게 있을까 싶다.

문득 아오키라는 고급 서양식기점을 찾아냈다. 잠시 진열
장 앞에 서서 커피잔이나 오리 재떨이, 스커트를 펼친 서양
인형 모양의 겨자통 따위를 바라본다. 녹색 페인트를 칠한
진열장 속에서 반짝반짝 빛나는 금색, 빨강, 코발트 도기의
시원스러움, 모슬린 기모노에 하얀 앞치마를 두른 예쁜 아이
가 가게 앞에 나왔기에 "나카네 게이코(中根慶子) 씨 있습니
까?" 하고 물어 본다.

아이는 금방 안으로 들어갔다. 나는 진열장 유리에 얼굴
을 비추어 본다. 머리는 곱슬곱슬하게 귀를 덮고 있다. 무척
덥다. 덥다. 물레방아 소리가 귀에 들어온다. 빛바랜 쭈그러
진 가스리,[172] 소매는 구깃구깃합니다. 허리띠는 빨강과 흰색
을 날염한 모슬린, 빨면 보풀이 일어나 부글부글 녹아 버릴
듯한 값싼 물건, 양말과 나막신은 에이코(英子) 씨에게서 오
사카 우메다(梅田)역에서 받은 것.

나카네가 나오자 어머 하며 놀란다. 오노미치의 학교를
나오고 4년, 한 번도 서로 만난 적 없이 오늘에 이른다. 감색

가스리를 입어 깔끔한 모습, 너무나 영락한 나 자신의 모습은 짐차에 치인 다시마 같은 기분이다. 나카네는 수수한 색이 바랜, 자루가 긴 파라솔을 가지고 나온다. 공원으로 가자고 한다.

일본에서도 유명한 공원이라 한다. 공원 따위에 갈 마음은 없었지만 어쩔 수 없이 공원에 따라간다. 나카네는 과묵한 사람이다. 아직 서먹한 상황이었기에 내게 소설을 쓰고 있는지 묻는다. 소설 이야기 따위는 꿈 같은 것이므로 그만둔다. 도쿄에서의 여러 가지 일을 털어놓는다면 이 사람은 놀랄 것이다.

공원은 더워서 재미없는 곳이었다.

경치를 바라보는 일엔 아무런 흥미도 없다. 애들이 귀청이 떨어질 만큼 시끄럽게 놀고 있다. 연못가를 고등학교 학생이 회색 옷에 게타를 신고 걷고 있다. 모두 늠름하게 보인다. 나카네는, 카인의 후예[173]를 읽었느냐고 말한다. 나는 도쿄 생활이 복잡했기 때문에 그런 조용한 책은 읽고 있을 수 없었다. 적송나무 그늘에 찻집이 있다. 나카네는 거기에 들어간다. 물에 담겨 있는 레모네이드 두 병을 주문한다. 얼음을 갈아서 거기에 레모네이드를 부어서 마신다. 혀끝이 얼얼하니 그 참맛은 청량함, 매미를 잡는 소년이 많이 놀고 있다. 고요히 잠든 듯한 공원의 경치이다.

꽉 졸리고, 연결되고, 절단된다, 마음이 조각조각으로, 레모네이드 병 유리를 대그락대그락 흔들고 있을 뿐, 오노미치로 가는 여비 2엔 50전만 있으면 양갱도 사서 돌아갈 수 있다. 건너편은 쨍쨍 햇빛이 비치고 있다. 이쪽은 깊은 그늘이 되어, 기다란 평상에 안경을 쓴 남자가 입을 벌리고 낮잠을 자고 있다. 얼음 깃발이 흔들리는 색채, 눈을 집중하여 주위를 보고 있지만, 이 경치도 기차 속에서는 잊어버릴 것임에 틀림없다. 소매 속으로 돈지갑을 떨어뜨려 몰래 얼음과 레모네이드 값을 계산한다.

나카네도 도쿄에 가고 싶다고 띄엄띄엄 이야기하고 있지만, 나는 건성으로 들으며 동전을 헤아린다. 옛날에 사이가 좋았던 것만으로 의미도 없이 공원 경치 따위를 바라보고 있어야 하는 시시함이 슬퍼진다.

얼음과 레모네이드 값을 지불하니 4전 남는다. 허영쟁이에 거짓말쟁이에 겉모습이 좋을 뿐이니 나카네에게 여비를 빌리는 것을 단념. 점심 전에 하시모토(橋本)에 돌아와 용기를 내어 2엔 50전을 아주머니에게서 빌린다. 여학생인 조카 둘은 갑자기 경멸스런 눈으로 나를 보고 있다. 이 눈이 가장 싫다. 나는 마치 죄인이 된 것 같은 초라한 기분으로 한낮의 역으로 간다.

양갱을 사지 않고 도시락을 산다. 3등 대합실에서 도시락을 먹는다. 매점에서 파란 바나나를 2개 산다. 5전이다.

약간의 돈이 이렇게 용기를 북돋워 준다. 공원에서 느긋하게 레모네이드를 마셨으면 좋았을 것을, 머릿속으로 계산을 하면서 흠칫거리며 마신 게 화가 난다. 나카네는 별로 싫은 여자도 아닌데, 구역질이 날 정도로 싫은 생각이 든다. 대접을 한 데다 흠칫거리며 나카네에게 겸손하게 말하는 스스로가 참을 수 없어진다. 소설은 팔리니? 아니, 팔리지 않아. 어떤 것을 쓰고 있니? 어떤 것이건 동화 비슷한 거야. 묻는 말에 일일이 기가 죽어 대답하는 나 자신이 초라하게 느껴지면서 나카네에게 이렇게 주눅들면 안 된다고 생각했다. 뭔가 도움을 받을 생각도 없는데 애써 겸손해 보이려 하는 것은 언제나 굽실거리는 노예 근성 탓일 것이다.

시나 소설을 쓴다는 일은 회사 근무 같은 것이 아니라고 마음속으로 투덜투덜 변명하고 있다.

오노미치에 도착한 것이 밤.

후끈한 길의 열기가 소매 속으로 들어온다. 쾅쾅 쇠를 치는 소리가 나고 있다. 바닷물 냄새가 난다.

오노미치가 그다지 그리운 것도 아닌데 그리운 듯 공기를 마셔 본다. 쓰치도(土堂)의 거리는 아는 사람들뿐이어서, 어두운 선로를 따라서 걷는다. 별이 반짝반짝 빛난다. 벌레가 사방에서 울어댄다. 하얀 풀꽃이 희미하게 선로를 따라 피어 있다. 진무(神武) 천황님의 사무실 뒤에서 초등학교의 높은 돌계단을 올려다본다. 우측은 높은 나무 다리, 이 고가 다리를 걸어서 맨발로 학교에 갔던 일을 떠올린다. 선로를 따른 좁은 골목길을 나오니, "반요리 사 가세요." 하고 소리치며 생선장수가 펑퍼짐한 대야를 머리에 이고 걷고 있다. 밤 낚시한 물고기를 반요리라고 하는데, 어촌에서 여자들이 팔러 오는 것이다.

지코지(持光寺)의 돌계단 아래에 있는, 어머니의 2층 셋집을 찾아간다. 축축한 바깥 변소 옆에 나팔꽃이 아스라히 피어 있었다. 어머니는 2층의 빨래터에서 목물을 하고 있었다. 오노미치는 물이 부족하기 때문에 2전을 주고 메어 나르는 큰 통 하나짜리 물을 사는 것이다.

2층에 올라가자 어머니는 깜짝 놀랐다.

천장이 낮고 2층의 차양에 닿을락말락하는 제방 위를 선로가 지나간다. 노란 다다미가 뜨거우리 만치 햇빛에 달궈져 있다. 눈에 익은 덮개가 붙은 책장이 있다. 책장 위에 금광(金光)님이 모셔져 있다. 목물을 하고 오니 대야의 물에 빨랫감을 담그면서 어머니는 목이라도 매고 싶다고 한다.

의붓아버지는 밤나들이 나가서 부재, 도박에 열심이어서 요즘은 일도 제쳐두어, 빌린 돈투성이로 야반도주라도 해야 한다고 말한다.

나는 허리띠를 풀고 맨몸으로 뜨거운 다다미에 배를 깔고 눕는다. 상행 화물열차가 반짝이며 창 너머 달리고 있다. 집이 흔들린다.

벽장도 아무것도 없는 더러운 방.

(8월 x 일)

사랑하는 사람이여. 너희들 이 한 가지를 잊지 마라. 주님 앞에서는 하루는 천년 같고 천년은 하루 같다. 벽에 붙여 둔 낡은 신문지에 이런 종교관이 있다. 사랑하는 사람이여. 더러운 물건투성이가 되어 조금도 신통치 않은 인생, 으스러진 마음이, 지금 이 천장 낮은 방안에서 눈을 뜬다. 밤새도록 그리고 아침에도 쉴새없이 기차가 달리고 있다. 물고기의 마을[174]이라는 소설을 쓰고 싶어진다. 아래층 아저씨와 의붓아버지는 함께 나간 채 오늘 아침에도 돌아오지 않는다.

아침 해가 벽 옆에까지 비춰들어서 덥다. 선로 제방 한 쪽 면에 채송화꽃이 한창이다. 지지는 듯이 매미가 울어댄다. 오후 기차로 황족이 지나가신다 하여 선로를 낀 빈민굴의 창들을 밤까지 열어서는 안 된다는 전갈이 온다. 빨래도 거두어들여야 하고, 더러운 것도 치워야 한다. 어머니는 빨랫

대를 치우고, 짚신을 신고, 지붕기와 청소를 하고 있다. 황족이란 게 도대체 어떤 사람인지 우리들은 모른다. 아무것도 모르지만 존경해야 한다. 낮 무렵부터 선로 위를 순경 두 명이 돌아보고 있다.

장지문을 닫고, 알몸으로 체홉의 지루한 이야기[175]를 읽는다. 너무 더워서 사닥다리의 판자 댄 곳에 드러누워 책을 읽는다. 풍금과 물고기의 마을, 문득 이런 오노미치의 이야기를 써 보고 싶어진다.

어머니는 청소를 끝내고, 하얀 보자기로 싼 큰 짐을 등에 지고 팔러 나간다.

아래층 아주머니가, 겨자가 든 우무를 한 그릇 대접해 준다. 이제 곧 황족이 지나가신다. 근처의 여자들이 소리치고 있다. 요란하게 땅을 울리며 모시는 열차가 지나간다. 장지문 틈으로 엿보니 창끝의 제방 위에 순경이 열차에 경례를 하고 있다.

순경의 어깨에 커다란 잠자리가 붙어 있다. 날개가 하얗게 비쳐 떨리고 있다. 기차 창 속에 하얀 커버가 팔랑거리고, 붉은 얼굴의 남자가 책을 읽는 게 재빨리 지나간다.

진실한 필름 한 컷이 선로를 휙 하고 갑자기 사라진다. 순경이 머리를 든다. 재빨리 장지문 틈에서 나는 머리를 집어넣는다.

참을성 강한 빈민, 힘이 빠진다. 그뿐인 걸 가지고 아직도 굳게 장지문을 닫아 둔다.

부담이 되어도 싱글벙글 웃으며 땅바닥에 꿇어앉아 절을 하고 있다. 단지 그것으로 끝나는 생활의 방식. 어떤 차이가 한 순간의 황족에게 있는 것일까… 황족은 시원한 기차에서 책을 읽고 있다. 나는 더운 방안에서 체홉의 지루한 이야기를 읽고 있을 뿐이다.

책장 안에 낡은 내 노트가 있다. 학창 시절의 일기, 대단한 것도 아니다. 술에 푹 빠져 있는 감상, 이도바쿠렌(伊藤白蓮)의 가출을 노라[76]와 같다고 쓰고 있다.

당분간은 이대로 필사적으로 소설을 써 보려고 생각한다.

저녁 무렵부터 비. 어머니가 기름종이를 머리에 쓰고 돌아온다. 바구니에 무화과가 여물어 터진 것을 선물로 사다 주신다. 오노미치에서는 무화과를 당감이라고 한다.

아버지는 돌아오지 않는다.

어머니는 경찰에 붙잡힌 게 아닐까 걱정하신다. 비 때문에 시원해서 노트에 소설 같은 것을 적어 보지만, 금방 싫어진다. 대단한 일도 아닌 것이다.

이세모노가타리(伊勢物語) 다 읽다. 뭔가를 쓰며 산다는 것은 단념하는 편이 좋다. 아무리 해도 작품은 안 된다. 작곡가가 귀가 없는 것을 잊고, 음색을 공상할 뿐… 고독에 빠져 있기만 해서는 한 글자도 말로 태어나지 않는다. 해변에 돌아와 아직 나는 바다를 보지 않았다.

날이 밝아서 의붓아버지가 돌아왔다.

크랩[177] 셔츠 위에 털실로 된 고시마키[178]를 하고 있는 풍채가 어쩐지 싫다. 돈도 없으면서 시키시마를 뻐끔뻐끔 피었다.

도쿄의 경기는 어떠냐, 도쿄는 불경기예요. 나도 이번에야말로 어떻게든 해 보려고 생각했는데 잘 되지 않아….

너무 더워서 어머니와 새벽 바닷가에 바람 쐬러 가서, 다도쓰(多度津)에 가는 오사카상선 발착소 돌계단에서 잠시 바람을 쐰다. 노점에서 얼음만두에 시원한 엿을 팔고 있다. 더워서 속치마 차림으로 바닷물에 들어간다. 떠오르는 속치마 끝에 푸른 도깨비불이 반짝반짝 빛난다. 과감하게 깊은 물 속으로 슥 헤엄쳐 본다. 가슴이 조여지는 것 같아서 기분이 좋다.

어두운 물 위에, 작은 배를 띄워 모기장을 치고, 램프를 켜고 있는 것이 무척 시원할 것 같다. 비가 갠 탓인지 해변은 조용하다.

센코지(千光寺)의 불이 산 위에서 나무 사이로 어른어른 흔들리며 빛나고 있다.

(8월 x 일)

'풍금과 물고기의 마을' 조금 진척되다.

소설이라는 걸 어떤 식으로 쓰는 것인지는 모르겠다. 다만, 지루하게 말로 못 다한 일을 노트에 쓰면서 자기 자신이 울고 있기 때문에 싫어진다. 모기가 많아서 밤에는 전혀 쓸 수가 없다. 첫째, 소설이라는 걸 쓸 감정이 존재하고 있지 않는 것이다. 쉽게 시를 읊는 것처럼 되어 버린다.

사물을 해부해 갈 힘이 없다. 사랑하는 것이 좋다. 단지, 그것뿐이다. 관찰이 안이해서 마치 동화 같다.

도쿄에 돌아가려면 20엔이나 변통해야 한다는 사실이 머리 속에서 어른거린다.

사람에 달린 것이 아니다. 사람에게 달린 게 아니다. 예수 그리스도와 그 예수를 부활시킨 아버지이신 신에 의해 사도가 된 바오로를 생각하면 신은 사람의 겉모양을 중요시하지 않는 것 같다. 소설가는 심금을 울릴 수 있는 진정한 마음이 있어야 한다. 내게 그 같은 재능이 있다고는 생각되지 않는다. 써도 써도 퇴짜맞고 있는데 얼굴이 붉어지지 않는 뻔뻔스러움, 종잡을 수 없는 심리의 바닥을 빠져 나간다. 작은 물고기 그림자를 뒤쫓는 듯한 것이다.

그럴듯하게 활자가 늘어선다. 핏덩어리를 토한 것은 보기

에도 읽기에도 견딜 수가 없다. 경찰의 눈도 빛난다. 무정부
주의는 동화 속의 세계를 꿈꾸는 태평스럽고 무지한 사람들
의 이상 천지인 것이다. 황족이 지나가신다고 하루 종일 장
지문을 닫고 숨을 죽이고 있는 나는 프롤레타리아이다. 그리
고 황족은 한 순간에 구름 저쪽으로 사라져 가는 사람이다.
어째서 그와 같은 사람을 존경하지 않으면 살아갈 수 없는
것일까.

경비 순경도 살아간다. 어깨에 내려앉은 잠자리도 살아간
다. 장지문 안에서는 예의에 어긋나는 알몸으로 체홉을 손에
들고 있는 여자가 서 있다.

오노미치에 돌아온 게 후회된다.

고향은 멀리 있어서 생각하는 것이다. 설사 타향의 거지
가 된다 하더라도 고향은 두 번 다시 돌아올 곳이 아니라는
느낌이 강하게 든다.

죽고 싶지도 않고, 살고 싶지도 않은 무위도연의 기분으
로 오늘도 노트에 '풍금과 물고기의 마을'을 계속 쓴다.

어머니도 다시 한 번, 도쿄에 나와서 야시장 가게를 내고
싶다고 한다. 의붓아버지와 헤어져 주기만 하면 나는 어떻게
든 도움이 될 거라고 생각하지만, 어머니는 이것도 형편상
지금은 잠시 참으라고 한다. 의붓아버지는 오늘도 다시 아침
부터 도박하러 나간다. 어머니만이 몸이 닳도록 일하는 모습

이다.

단지 어머니도 나도 긴 고통의 연속에 매달려 살고 있는 것 같다. 적어도, 내가 남자로 태어났다면 하고 생각한다. 어머니가 번 돈은 모두 아버지의 도박 밑천으로 사라져 버린다. 저녁은 어머니와 둘이서 밤 항구에 나가, 노점에서 우동으로 때운다. 집에 있으니 빚쟁이가 성가시다고 해서 다시 어두운 해수욕.

바닷물은 더러워져서 질퍽질퍽, 장례식 냄새가 난다. 언젠가는 좋은 일도 있겠지….

어머니가 문득 그런 소리를 한다. 나는 선창 쪽까지 헤엄친다. 도깨비불이 탄다. 무코지마(向島)의 선착장에서 사람을 부르는 소리가 난다. 이런 일에서는 어떤 운명도 없다. '풍금과 물고기의 마을' 원고를 도쿄에 갖고 간들, 꽃이 활짝 피는 좋은 날이 온다고 믿을 수는 없다. 한 숨 더, 한 숨 더 하며 어둡고 차가운 물 쪽으로 헤엄쳐 간다.

드디어 돌계단에 돌아와 알몸에 미지근한 기모노를 입는다. 젖은 것을 매고 있으니 우동 먹은 트림이 나온다. 피부가 팽팽하게 긴장된 느낌이 든다. 자연스럽고 안온한 기분이 되어, 맹렬하게 격한 사랑을 해 보고 싶어진다. 여러 기억의 밑바닥에 남자의 추억이 어른거린다.

집에 돌아오니 아래층은 모두 외출해서 부재, 아래층 아주머니도 요즘은 다시마를 감는 부업을 게을리하고 놀러다니고 있다.

폐가와 다름없는 2층, 알전구 아래에서 어머니와 나는 알몸으로 더위를 식힌다. 불빛이 요란한 상행열차가 달려간다. 부럽다.

어떻게 해서라도 도쿄에 가고 싶지만, 지금 같아선 20엔의 돈을 만들기는 어렵다고 어머니는 풀이 죽어 있다. 10엔이라도 생긴다면 좋겠다고 생각한다. 모깃불을 피워서, 작은 상에 노트를 편다. 이제 뒤를 이어서 계속 쓸 수밖에 없다. 달콤하고, 꽤나 이상한 소설이다. 환영만으로 끝을 맺으려는 줄거리, 더운 탓일지도 모르겠다. 많이 먹지 않는 탓일지도 모르겠다. 머리 속이 절박한 생각으로 가득 차 있는 탓일지도 모르겠다. '풍금과 물고기의 마을'이라는 제목뿐인 것이다. 생활의 피로에 압도되어 오히려 환영만이 자욱하게 눈앞을 스쳐 지나가는 줄거리.

어째서, 언제까지나, 이런 생활일까 생각한다. 어머니는 연필을 핥으면서 장부를 적고 있다. 별로 대단한 금액도 아닌데도 장부에 적고 있는 모습은 매우 진지한 것, 진흙 수렁에 빠진 듯 꼼짝도 할 수 없는 생활이다. 헤어지세요. 응, 헤어질까. 헤어지세요. 그리고 둘이서 도쿄에 가서 일하면 매일 밥을 먹을 수 있어. 밥을 먹는 일도 중요하지만 의붓아버지를 버리고 갈 수는 없을 것이다. 헤어지세요. 이제 나잇살이나 먹었으니 남자 따위 필요하지 않겠지요…. 어머니는 내게 "너는 소설을 쓰니까 말을 심하게 하는구나." 나는 입을 다물어 버린다. 걱정도 즐거움의 하나로, 오늘까지 함께 살아온 어머니와 의붓아버지와의 관계를 내 나름대로 생각해 본다. 어머니는 행복한 사람이다.

나는 노트에 덧없는 일을 열심히 적고 있다. 이제 아무도 의지할 수 없다. 내 스스로 힘을 모으지 않으면 살아갈 수 없다. 하지만, 도쿄에서 유명한 시인도 오노미치에서는 아무런 흔적도 없다. 그래서 좋은 것이라 생각한다. 나는 오노미치를 좋아한다. 밤에 갓 잡은 고기 필요 없습니까… 고기 파는 소리가 골목길에서 난다. 갓 잡은 팔팔한 작은 고기를 소금구이를 해서 먹고 싶다.

그날 밤, 의붓아버지는 아래층 할아버지와 함께 경찰에 붙잡혔다. 날이 밝은 후 어머니는 아래층 아주머니와 어딘가로 몰래 나갔다.

(11월 x 일)

물까치가 요란하게 도랑 저편에서 울고 있다. 요쓰야미쓰

케(四谷見附)에서 다메이케(溜池)로 나와 다메이케 뒤의 류코
도(龍光堂)라는 약방 앞을 지나 도미가와(豊川) 이나리 신사
앞 전찻길로 나온다. 전차 선로를 넘어 장신구 가게 옆에서
롯폰기(六本木)거리로 나와서 이케다야(池田屋) 건어물상 앞
이케다 씨에게 말을 건다. 이케다 씨가 명랑한 얼굴로 나온
다. 오늘은 드물게 야회 차림인데 그녀는 상당한 미인이다.
가게 앞에는 명란젓이나 연어, 대구포 등 맛있어 보이는 것
이 가득 놓여 있다.

두 사람은 양말 가게 옆길을 돌아, 사카이(酒井) 자작 저택
의 고색창연한 문 앞을 걷는다.

오늘은 신토미좌(新富座)에서 스미조(壽美藏)의 연극이 있
다고 한다. 참으로 도쿄 토박이다운 이케다 씨의 연극이야
기. 오늘은 스미조가 수건을 뿌리는 날이어서, 어떻게 해서
라도 일찍 회사에서 나가는 거라고 아주 힘에 넘쳐 보인다.
아카사카의 연대 본부가 가깝게 있어서 회사에 도착할 쯤에
는 언제나 나팔이 울린다.

쇼가쿠신포샤(小學新報社)라는 곳이 우리들의 근무처. 구
관 2층의 일본식 방에 책상을 8개 정도 맞추어 우리들은 매
일 열심히 봉투쓰기를 한다. 오늘은 가고시마(鹿兒島)와 구마
모토(熊本)를 받는다. 아직 시간이 되지 않았기 때문에 창가
에서 이케다 씨와 미야모토(宮本) 씨와 셋이서 잡담, 일급을

어떻게든 월급제도로 해 주었으면 하고 이야기한다. 일급 80
전으로는 어떻게 해도 생활을 해 나갈 수 없다. 요쓰야미쓰
케(四谷見附)에서 시전철 전차비를 절약해 봤자 부모, 자식
셋이서는 좀처럼 먹고 살 수 없다. 이케다 씨는 부모에게 의
지하고 있기 때문에 번 돈이 모두 용돈이라 한다. 부러운 이
야기다. 8시 10분전 모두 모인다. 나는 순서에 따라 가장 어
둡고 좋지 않은 자리에 앉는다. 간부인 도미다(富田) 씨가 지
도를 하기 때문에 창가 자리에는 좀처럼 앉을 수 없다.

초등학교 편람의 활자가 작아서 근시인 나는 다른 사람의
2배는 걸리고 만다. 안경을 사고 싶어도 80전의 일당으로는
그날 그날에 쫓겨 안경을 살 형편이 아니다.

이제 곧 오후 대여섯 시가 된다.

도미다 씨가 오늘은 이초가에시로 머리를 올렸다. 이 사
람은 오시마 하쓰가쿠(大島伯鶴)를 좋아한대나 뭐래나, 질리
지도 않고 만담이야기만 하고 있다.

주소 성명을 쓰는 게 귀찮아진다. 멍해진다. 문득 옆의 모
래벽에 반짝반짝 아침 햇살이 움직이고 있다. 환등 같다. 이
케다 씨도 도미다 씨도 오시마의 옷차림으로는 일당 80전짜
리 여사무원으로는 보이지 않는다. 이케다 씨는, 눈은 가늘
지만 기생을 시켜 보고 싶을 것 같은 미인이다. 만물상의 딸
인 탓인지 항상 여드름이 어딘가에 나 있다.

아무 일도 없이, 부부는 좀처럼 헤어질 수 없는 것일까 하는 생각을 한다. 부부라는 것이 이상한 관계 같다는 생각이 든다. 어젯밤도 의붓아버지와 어머니는 그렇게 미워하며 싸움을 했으면서 오늘 아침엔 의외로 태연하게 끝났다.

의붓아버지와 어머니가 헤어져 주기만 한다면 나는 어머니와 둘이서만 몸이 가루가 되도록 일할 생각이지만, 나는 의붓아버지가 정말 싫다. 언제나 무기력해서 무엇 하나 어머니의 지도가 없으면 못 움직이는 의붓아버지는 패기가 없어서 화가 난다. 의붓아버지는 혼자가 되어 젊은 아내를 얻으면, 그런 대로 벌어낼 수 있는 사람일 것이다….

어머니의 강한 아집이 미워진다.

다시 비파 소리가 들린다. 이 일에 그다지 싫증이 난 건 아니지만, 오래 계속할 일은 아니라는 생각을 한다. 그렇다고 해도 이 부근의 조용한 저택들은 어떤 행복한 사람들이 사는 집인가 하는 묘한 생각이 든다. 아침부터 비파를 울리고, 피아노를 두드리고 있는 고상한 계급이 있다고 생각하니 그런 운명을 갖고 태어나는 것일까? 낮부터 신문 발송. 신문의 푸른 잉크가 덜 말라서 봉투를 바를 때마다 손이 문신처럼 파래진다. 다이쇼(大正) 천황과 황태자의 사진이 정면에 나와 있다. 다이쇼 천황은 조금 정신이 이상하시다고 하지만, 이렇게 보니 훌륭한 사진이다. 가슴 가득히 국화꽃 같은 훈장, 인쇄가 나빠서 천황도 황태자도 온 얼굴에 수염을 기른 것같이 보인다.

풀 바른 것. 봉투를 붙인 것. 현(縣)별로 다발을 묶은 것, 밖으로 운반해 나갈 것, 사방은 먼지가 자욱하고 모두 ×자 멜빵을 메고, 머리에 수건을 두른 모습. 발송에 시간이 걸려 전부 끝난 것이 5시 조금 지나서. 국수를 한 그릇씩 대접받고 어두운 거리로 나온다. 이케다 씨는 연극을 못 봤다고 팅팅 부어서 서둘러 돌아갔다.

요쓰야(四谷)역은 완전히 어두워졌기 때문에, 될 대로 되어라 하고 요쓰야에서 야시장 가게를 보면서 신주쿠까지 걷는다. 집에 돌아갈 마음이 전혀 없다. 집에 돌아가 부부싸움을 보는 건 참을 수 없다. 두 사람 모두 가난하고 소심하지만, 악인보다 처신을 더 잘한다고 생각하지 않는다. 야시장 가게를 보며 걷는다. 닭 꼬치구이 냄새가 난다. 밤 안개 속에서 신주쿠까지 이어진 가게의 불이 반짝반짝, 눈부시게 보인다.

여관, 사진관, 뱀장어 가게, 접골, 샤미센 가게, 월부로 파는 마루니(丸二)의 가구점, 이 주위는 옛날에는 창녀집이었던가 해서, 집들이 듬직하게 늘어서 있다. 다이소지(太宗寺)에는 서커스가 벌어지고 있었다. 가도 가도 변화한 야시장 가게의 연속, 이렇게 팔 게 많이 있나 싶은 생각이 들 정도이다. 오늘은 히가시나가노(東長野)까지 걸어서 돌아갈 작정으로 한 그릇 8전 하는 고기 덮밥을 포장마차에서 먹는다. 고기라고 생각되는 것은 작은 것이 한 조각, 나머지는 양파뿐, 밥은 우쓰노미야(宇都宮)의 쓰리텐조(吊天井)[179]다.

쓰노하즈(角筈)의 호테이야(ほてい屋)백화점은 건축이 한창인 듯, 밤에도 공사장에 밝은 등이 켜져 있다. 신주쿠역의 높은 나무다리를 건너, 담배전매청 옆을 나루코자카(成子坂) 쪽으로 걷는다. 쉭쉭 소리를 내며 밤안개가 흐르고 있는 듯한 느낌이 든다. 난부 슈타로(南部修太郎)[180]라는 소설가의 『밤안개』라는 소설을 문득 떠올린다.

집에 돌아온 것이 9시 가까이. 의붓아버지는 목욕탕에 가고 집에 없었다. 부엌에서 꿀꺽꿀꺽 물을 마신다. 어머니는 화로에서 비지를 볶고 있다. 별로 늦었다고 말하지도 않는다. 자기 일만 생각하고 있는 사람이다. 코를 풀면서 비지를 볶고 있다. 냄비를 엿보니 비지가 검게 탔다. 무엇을 시켜도 서투른 사람이다. 파도 황갈색이 되어 있다. 어머니의 강한 아집이 가엾어진다. 방구석에 벌렁 눕는다. 골짜기 밑바닥으로 가라앉는 듯이 공허한 생각뿐, 비굴해져서 아무 보람도 없이 사는 내 처지가 기묘하게 둥실둥실하며 떠오른다. 몸뚱이를 밧줄로 매달아 올려 하늘 높이 기중기에 매달리고 싶은 듯한 피로를 느낀다. 아버지와 헤어질까 하고 어머니가 혼자말을 한다. 나는 잠자코 있다. 어머니는 작은 목소리로 일이 이렇게 돼 가니까 말이야 하고 불평하듯 말한다. 나는 남자 따윈 아무래도 좋다. 더욱 산뜻한 운명이란 없을까 하고 생각한다. 의붓아버지가 사들인 와지마(輪島) 칠기 밥상이 이제 얼마 남아 있지 않다. 이것이 없어지면 다시 다른 것을 사들이겠지. 차례로 장사를 바꿔, 하나의 장사에 끈기가 없다는 게 의붓아버지와 어머니를 초조하게 한다. 20엔의 집세를 처음부터 지불하지도 않고, 매일 코를 맞대고 옥신각신하고 있다. 첫째로, 정식으로 집 같은 걸 빌리고 싶어하기보다도 시골로 돌아가 싸구려 여인숙에서 자취생활을 하며 둘이서 편안하게 사는 편이 좋았으리라 생각된다. 모처럼 그런대로 내 생활은 내가 해결하기 시작하자 두 사람이 몰려와서 언제까지고 같은 일을 되풀이하는 것이다. 도쿄에서 헤어졌다 해도, 의붓아버지는 당장 그날부터 어려워지니까 하며 다시 혼자 어머니가 말한다. 나는 타서 냄새가 나는 냄비를 부엌에 가지고 갔다. 어머니는 어안이 벙벙해 한다. 무엇을 시켜도 망쳐 버리는 어머니의 요리가 마음에 들지 않는다. 나는 화로에 가까스로 붙어 있는 불에 숯을 끼얹어 법랑을 입힌 주전자를 얹는다.

"뭘 보란 듯이 그러는 거냐, 네 도시락 반찬을 만들어 주려는 생각에 만들었는데…."

나도 그런 새까만 비지 반찬 따위는 아무래도 좋다. 잠자코 누워서 소매 속에 머리랑 얼굴을 푹 집어넣고 있으니 어머니는 갑자기 코를 거칠게 훌쩍거리면서 자기들이 방해가 된다면, 오늘 밤에라도 짐을 싸서 돌아가겠다고 말하기 시작한다. 목면을 댄 소매 속에서 가을 냄새가 난다. 오오 이 냄새, 계절의 냄새, 위로의 냄새, 소매 속에서 눈을 뜨니 각진 무명천 짜임새가 투명하게 보인다. 너는 아버지를 어째서 좋아하지 않니?라고 어머니가 울면서 말한다. 엄마보다도 20살이나 젊은 남자를 아버지라고 말할 수는 없겠지요 하고 반박한다. 어머니는 신음 소리를 내며 푹 엎드리고 만다. 네게도 사정이라는 게 있는 건데… 남자 운이 나쁜 것은 너도 마찬가지 아니냐고 말한다.

"너는 8살 때부터 저 의붓아버지가 키워 주지 않았니, 20년이나 신세를 지고, 이제 와서 아버지가 싫다고 할 수는 없어."

"아니요. 날 키워주지는 않았어요."

"여학교에도 보내 줬잖냐…"

"여학교? 무슨 소릴 하는 거예요. 학교는 내가 돛으로 쓰이는 천을 만드는 공장에 다니면서 갔던 걸 잊었어요? 여름방학에는 식모살이 나가기도 하고 행상도 나가고 해서 내스스로 내 몫은 벌었어요. 학교를 나와서도 조금씩이라도 부쳐준 건 잊어버렸어요?"

말하지 않아도 될 것을, 나는 소매 속에서 소리를 지른다.

"넌 무자비한 아이구나…."

"아아, 이제 이렇게 옥신각신해서야. 부모자식의 인연을 끊고, 엄마는 아버지와 어디로든 가세요. 나는 내일부터 몸을 팔든 뭘 하든 내 일은 내가 알아서 할거니까."

소매 속에서 눈물을 훔친다. 아버지의 나막신 소리가 났기 때문에 나는 벌떡 뒷문으로 나가 가와조이초(川添町) 쪽으로 걷는다. 하얀 우윳빛 안개가 끼어, 논 이곳저곳에서 어른어른 인가의 불이 반짝인다. 가와조이초라고 했지만, 도쿄에서도 한참 변두리인지라, 무밭의 흙 냄새가 향기롭게 난다. 어디로 가겠다는 목적도 없다.

히가시나가노의 상자 같은 작은 역에 나가 유료 낚시터의 수풀길 쪽으로 걷는다. 역 앞의 큰 술집만이 밝은 등불을 밤 안개 속에 반사하고 있다. 별이 반짝반짝 빛나고 있다. 참을성 있게, 무슨 일이나 참을성 있게. 정 안되면 고후(甲府)행 기차에 치여 죽겠다던 것도 달콤새콤한 공상, 하지만 신이여, 지금은 이대로는 죽을 수 없어요.

(11월 x 일)

호우. 땅바닥을 쓸어낼 만치 큰비다. 옷자락을 접어 띠에 지르고 회사에 간다. 이케다(池田) 씨는 감색 가스리 비로드 깃이 달린 비옷을 입고 온다. 상당히 마음에 드는 비옷이다. 오늘은 도시락이 없다. 점심은 빗속에 롯폰기(六本木)까지 나가서 국수집에서 국수를 먹고 실컷 국수장국을 받아 마신다. 걸쭉한 국수장국에 고추를 띄워 후루룩 마신다.

롯폰기의 헌 책방에서 오스기 사카에(大杉榮)의 옥중기와 마사키 후조큐(正木不如丘)가 편집한 요쓰야 문학(四谷文學) 이라는 헌 잡지와 후지무라(藤村)의 아사쿠사(淺草)소식이라는 감상집 3권을 80전에 산다.

옥중기는 벌써 너덜너덜하다.

도미다(富田) 씨, 아자부(麻布)의 에치주(えち十)라는 요세(寄席)에 가지 않겠느냐고 모두를 꼬시는데 나는 비가 와서 거절하고 서둘러 집으로 돌아왔다. 억수같이 쏟아지는 비가 종일 계속된다. 이 비가 개면, 드디어 겨울에 접어들겠지. 양말을 빨아, 화로에 쬐어 말린다. 의붓아버지도 어머니도 빗소리를 들으며 멍하니 있다.

　　좌우 어느쪽도 결정하기 어려운 숙명

비극은 그냥 우스운 이야기이다.
대답을 기다릴 것까지 없이
다만 지금은 한들거리는 비
강수량을 되로는 재기 어렵다.
그냥 팔짱을 끼고 되어가는 형편을 볼 뿐

희생은 돈을 치르는 것이 아니다.
불가능한 겨울의 장미
고독과 신비를 의지하는 가난한 생활
타인은 혁명의 글을 만들고
나는 아하하 하고 웃는다.
그냥 무슨 일이건 우스운 것이다.
진지하게 괴로워할 수 없는 성미

자신의 운명을 타개하라고 한다 해도
운명은 식빵이 아닌 것입니다.
어디서부터 칼을 대어야 좋은 것인지
인생의 수렵은 힘껏 성대하게
코를 벌름거리고 눈물을 훌쩍이며
침을 삼키며
다리로 버틴다.

질서의 목표는 블루와 블랙

가설 속에서 몰래 쥐를 먹는다.

그 영묘한 맛과 방향(芳香)

아아 로맨스의 가설

누구에게도 묵살되어 자신의 생피를 홀짝인다.

조금씩조금씩 짠 맛의 피

혁명이란 물기가 많은 윤기 있는 양갱

사람 한 명이 고독하게 싸운다.

군중의 힘은 필요없습니다.

가문이나 체제로는 밥을 먹을 수 없다.

야담을 쓰려고 생각하기 시작한다. 소세키(漱石)처럼 미토
고몬(水戶黃門). 도손(藤村)처럼 당견(唐犬)곤베에(ゴンベエ),
오가이(鷗外)처럼 사쿠라소고로(佐倉ソウゴロ). 탁탁 칼을 부
딪치며 싸운다는 끔찍한 일은 아무래도 성격에 맞지 않으니,
팔 물건에는 꽃을 끼워서, 자유자재로 바꿔야 한다. 아쿠다
가와(芥川)의 주마등도 하나의 매력이다.

오늘 밤부터는 추워서 부모자식 셋이서 어떻게 해서라도
하나의 잠자리에 들어가야 한다. 이불 뒤에서 불쑥 다리를
집어넣을 마음이 안 생긴다. 아아, 하다못해 두 장의 이불이

라도, 어디에서 떨어지지 않을까. 오싹오싹 추워진다. 어머니와 의붓아버지는 벌써 침상에서 등을 맞대고 크게 코를 곤다.

전기를 낮게 숙여서 펜 끝에 가득히 잉크를 묻히고 종이 위에 똑똑 떨어뜨려 본다. 좋은 생각이 솟아날 것 같은 느낌이 들면서도 좀처럼 신통한 게 생겨나지 않는다.

잠에 빠진 이 가난한 노부부의 자는 모습을 옆에서 보면 가슴도 답답해진다. 벽 가장자리로 전기를 고쳐 매달고, 작은 찻상 앞에 앉는다.

두세 장이나 시만 죽 써서 늘어놓고 야담은 한 줄도 쓸 수 없다. 갑자기 지붕에 시끄럽게 부딪치는 빗발에 머리는 산산조각으로 깨어질 것 같다. 운명이 다한 오타아로오[181]이다.

너나 나나 남자운이 없다고 한 어머니의 말을 떠올리며, 문득 '남자운'이라는 소설다운 작품을 써 보고 싶은 기분이 들지만, 그것도 귀찮고 우스워서 그만둬 버린다.

뿌리가 잡초인 사생아로 남자운 따위는 건방지게 입찬소리 하기 좋다. 이세모노가타리[182]는 아니지만, 옛날에 남자가 있었다. 성질이 괴팍하고, 거지를 비웃으면서 거지보다 못한 가난한 생활을 하며 여자에게 자살하자고 유혹한다. 여자도 아니라고 소리치고, 다다미를 짓누르며, 같이 자야 한다고, 적어도 그 일에만 마음을 돌리려 애쓰며, 끈이란 끈, 칼이란 칼은 모두 뺏으니….

비는 내리는 소리가 조금씩 약해진다.

(8월 × 일)

고가선 아래를 지나간다. 요란하게 기차가 북으로 달려간다. 숨을 헐떡이며 그 기차는 어디로 가는 것일까. 이제 나는 싫다. 모두 싫다. 미지근한 풀 냄새를 풍기는 바람이 분다. 어머니가 배가 아프다고 한다. 제방에 올라가 잠시 쉬세요라고 말해 본다. 정로환을 먹고 싶다고 하는데, 오미야(大宮)까지는 멀다.

햇빛이 쨍쨍 내리쬔다. 해가 이렇게 잘도 내리쬔다는 생각이 든다. 어딘가에서 산비둘기가 울고 있다. 짐에 기대어, 잠시 쉰다. 오늘 밤은 오미야에서 묵고 싶은데, 참고 돌아오면 못 돌아올 것도 없지만, 어쨌든 아무도 안 사는 데는 힘이 빠진다. 눈을 감고 있으니, 무지개 같은 피로로 콕콕 쑤시듯이 이마가 뜨겁다. 수건을 얼굴에 덮는다. 어머니는 조금 웅크리고 숨을 들이켜 배에 힘을 줘 볼까 하고 말한다. 3일이나 변비였다며, 정말 머리가 깨질 것 같다고 한다.

"엄살부리고 있네요. 그쪽에 좀 쭈그리고 있어 봐요."

"응, 무슨 종이 같은 건 없을까."

나는 짐 속에서 신문지를 찢어 어머니에게 건넨다. 엎친데 덮치기, 유령 같은 운명이란 놈에게 둘 다 두들겨 맞는다. 언젠가는 봐라, 그런 운명 따위 두들겨 갚아 보여 주겠다. 너무 괴롭히지 말아. 어이, 이 자식아! 나는 푸른 하늘을 향해 남자처럼 욕설을 뱉어 본다. 난 이렇게 사는 게 싫다. 싱싱한 바람이 분다. 그것도 인색해서 조금씩 불고 있다.

어머니는 옷자락을 걷어올리고 풀 속에 웅크렸다. 주먹만큼 작다. 죽어버리지 왜 살고 있는 거야, 몇 년 살았다 해도 똑같아. 너는 어때? 살고 싶다. 죽고 싶지는 않아…. 조금은 남자맛도 알고, 밥도 마음껏 먹고 싶은 것입니다.

매미가 울어대고 있다. 그저 이렇게 논이나 밭이 넓게 펼쳐 있는데도, 누구나 낮잠이 한창인 한낮이라 행상인 따위는 돌아보지 않는다. 풀에 드러누워 있으니 몸이 통째 흙 속으로 들어갈 것 같다. 제방 위를 다시 화물열차가 지나간다. 석재를 싣고 달리고 있다. 목재도 실려 있다. 도쿄는 목수가 한창 바쁜 철이다. 저런 돌 따위를 보내서, 그 돌 위에 누가 사는 것일까.

누워서 휘파람을 분다.

"아직이에요?"

가끔 어머니에게 말을 걸어 준다. 사람이 웅크리고 있는 모습은 천황이라 해도 쓸쓸한 모습일 것이다. 황후도 그런

식으로 웅크리실까. 금 젓가락으로 집어 비단 이불에 싸서 깨끗한 물에 퐁당할지도 모른다.

나와 너는 마른 억새, 꽃이 피지 않는 마른 억새…. 큰소리로 노래를 부른다. 정말 반할 것 같은 목소리다. 들어 줄 사람이 아무도 없는 한낮. 너무나 조용해서 질식할 듯하지만 이렇게 공기가 신선하니 기분이 좋아진다. 단지 공기만이 운명의 혜택이다.

절세미인으로 태어나게 해 주지 않은 것이 당신의 실책…. 어디에서건 있을 것 같은 여자 따위 세상은 돌아봐 주지도 않는다.

"아아, 드디어 나왔다."

"많이요?"

"많이 나왔어."

어머니는 일어서서, 천천히 옷자락을 내렸다.

"전망이 훌륭해서 좋겠네."

"이런 곳에, 오두막을 지어 살면 좋겠어요."

"응, 밤에는 쓸쓸하겠지…."

볼일을 봐서 기분이 좋은지, 어머니는 내 옆에 와서 이 빠진 플라스틱 빗으로 머리를 빗는다.

오미야에 가서 목욕탕에 갔으면 좋겠다. 나막신을 벗으니 끈 부분을 남기고, 코끼리 발처럼 더러워진 발, 젊은 여자의 발로는 생각되지 않는다. 손톱은 자랄 대로 자랐다. 손가락 사이에 때가 끼어 있다. 나도 소변을 보러 간다. 가랑이 속으로 솔솔 바람이 들어온다. 맨다리는 기분이 좋다. 너무나 살이 쪄서, 아마도 이 양넓적다리라면 5관은 나갈 것이다. 눈 아래로 자전거가 달려간다.

따끈따끈한 현미빵 장수다. 내가 가랑이를 벌리고 있다는 것도 눈치채지 못하고, 구슬이 굴러가는 것처럼 한길을 달려가 버렸다. 풀이 젖는다. 다시 뒤쪽에서 기차가 온다. 땅울림이 발 밑으로 으스스하다.

오미야에 나온 것은 3시, 너무 덥다. 야채 가게 앞에 산더미 같은 오이, 맛있어 보이는 것을 두 개 사서, 어머니와 둘이서 먹는다. 소금이 있으면 더욱 맛있을 것이다. 둘이서 분담해서 양쪽 집집마다 말을 걸며 간다.

"크랩 셔츠랑 남자용 속옷 필요하지 않습니까. 싸게 해 드릴게요."

아무데서도 대답이 없다. 어머니가 건구점 앞에 앉아 있다. 뭔가 사 줄 것 같다. 서른 집이나 걸었다. 드디어 제재소에서 보여 달라고 한다.

수건을 이마에 동여맨 남자가 세 명, 땀을 닦으며 다가온다. 나는 재빠르게 재목 위에 짐을 펼쳤다. 톱밥 냄새가 시원하다.

"오사카에서 들여온 것인데 아주 싸요. 수출하고 남은 거예요."

"아가씨는 보기 좋게 살이 쪘네. 결혼했어?"

나는 마음속으로 흐흥 하고 웃는다. 내가 누구와 살고 있는지 나 자신도 도무지 모르겠다. 아래위 3엔 50전이나 깎아서, 세 벌을 판다. 한 순간 신에게 감사한다. 나다니다 보면, 횡재를 할 수도 있다. 다시 짐을 등에 지고 모퉁이를 돌아간다. 어머니는 그림자도 보이지 않는다. 어차피 오미야역에서 만나면 되는 것이다.

오미야는 조금도 재미있지 않은 마을이다.

도쿄로 돌아온 게 7시경. 비가 내리고 있었다.

심한 빗속을 금붕어처럼 흔들리며 강가로 돌아간다. 오늘은 15일. 작은 양초에 불을 붙인다. 개구리가 울고 있다. 숯이 없어서, 근처 숯 가게에서 한 더미 20전짜리 숯을 사와 밥을 짓는다. 이웃의 막과자 가게 2층 학생이 대정금(大正琴)을 켜고 있다. 어디선지 모르지만 메밀국수 국물을 끓여내는 냄새가 난다. 위장이 덜덜 떨려서 어쩔 수 없다. 이 세상에 기적은 없는 것이다. 황족으로 태어나지 않은 것이 이 몸의 실수… 나는 총리대신에게 러브레터를 써 볼까 하고 생각한다. 밤, 고골리의 코를 읽는다. 코가 외투를 입고, 유랑하러 간다. 그리고, 하는 일 없이 단정치 못하게 독자에게 교태를 부려서 거짓을 섞은 생각이 허공으로 사라져 간다.

괴로우면 괴로울수록 사는 보람이 있는 그 무엇인가를 하고 싶어진다. 안심하고 사는 인생을 얻고 싶기 때문에, 때로는 좋지 않은 일도 해야 할지 모른다. 이대로 무관심하게 있을 수는 없다. 내게 그런 바보 같은 시간이 돌아오는 것일까… 이대로 아무것도 없이 지나가는 빈궁의 연속일까. 돈만 있으면 더욱 어떻게든 되는 것일까. 어리석은 세상이다. 그런데도 무엇을 생각하고 있는 것일까. 나 스스로도 자기 자신을 확실히 모르겠다. 정직하고 성실하고 인정스럽게 그것이 가난한 사람의 인색한 근성… 아무것도 없기 때문에 적어도 정직하고, 조심조심하며 돈계산만 하고 있다. 이웃의 대학생은 대정금을 켜면서 부모가 돈을 보내 주어서 고깃집 여자와 사랑을 하고 있다.

보름날 밤, 채소국에 쌀밥 생각이 난다. 옛날 힘이 장사였던 벤케이라는 무사는 몸집만 크고 이상이 작은 사람이었다. 네, 그런데도 나는 벤케이 씨의 이상이 무척 부럽게만 생각된다. 나는 아무도 도와줄 사람이 없기에 내 힘으로 살아가야 한다. 볼품없는 나지만 누군가 나를 좋아해 줄 사람을 생각해 본다. 적어도 열흘만 만족스럽게 먹여 줄 남자는 없는 것일까 하고 생각한다. 온 몸을 벼룩에 물린 비참한 내 모습을 보니 견딜 수 없는 마음이 든다. 정말 나는 태어나지 말았

으면 좋았을 부류의 여자이기 때문에…. 나는 말(馬)한테 시
집을 갔대도 괜찮다는 생각을 한다. 정말 귀찮게 느껴지는
무거운 몸 따위는 쓸데없는 것 그 자체다, 코만으로 걷고 싶
을 정도다. 고골리도 이런 기분에서 장황한 소설 따위로 푸
념을 늘어놓은 것임에 틀림없다.

　언제 잔다고 할 것도 없이
　조용히 잠들어 꿈을 꾼다.
　그냥 먹는 꿈, 남자 꿈
　특히 잔혹하고 우스운 일에 대한 꿈
　귓속에서 박자를 맞추는 욕심
　비잉비잉 활을 울린다.
　찻종지 다음으로 중국인의 꿈

　달려가다가 되돌려 보내져
　맥없이 까마귀처럼 운다.
　덩치 큰 주제에 때로는 울고 싶어진다.
　물린 상처 하나 누구에게도 입힌 적이 없다.
　비칠비칠하는 쥐의 푸념
　기형에다, 남자와 자고 싶어하는 탐욕스러움
　그날 그날을 먹고 살 수 있으면

우선 학자는 논문을 쓴다.
산다는 게 그런 것이겠지만

나는 진열을 보고 있으면 되는 것이다.
모두 손에 쥐고 보여 줄 힘이 솟는다.

(8월 x 일)

시모타니(下谷)의 네기시(根岸)에 풍경을 사러 갔다. 둥근 주머니에 풍경을 담아 주는 것을 받아, 부피가 큰 짐을 등에 지고 걷는다. 얇은 창문 유리에 은을 도금한 것이 한 타스에 84전, 바보 같은 이야기지만, 이것을 풍경 밑에 매달아, 색깔 있는 조붓한 종이를 붙여서 판다. 그 일을 하다 보면 땀에 흠뻑 젖어 매우 기분이 나쁘다. 활짝 갠 하늘, 마치 홍법대사를 등에 업고 있는 것 같은 더위이다.

밤, 빈털터리로 의붓아버지 상경.

히로시마(廣島)도 오카야마(岡山)도 장사는 불경기라 한다.

나는 이 사람들에게서 떨어져서 살고 싶다. 함께 살고 있으면 끈적끈적하게 썩어 버릴 것 같다. 마음속으로는 언제라도 일시적인 살인을 생각하고 있다. 조금씩 범죄인이 되는 공포에 사로잡힌다. 나 자신도 죽어버리면 그만이라고 생각하면서도 인간이 이런 희귀한 심리 속에는 좀처럼 빠져들지 못할 거라는 생각을 한다. 조용하게 살아가기 위해서는, 매일매일 최소한의 식량이 없어서는 안 된다. 자주 심리적인 딸꾹질에 시달린다. 생각의 끝은 돈을 가지고 싶다는 것이다.

돈만 있으면 단순한 삶이 몇 년인가는 계속될 수 있다. 먼 장래에 새로운 일이 일어날 거라고는 생각하지 않는다. 충분히 만족하는 마음이 일어나지 않는다. 앞의 짐마차 가게에서 술 취한 사람의 노래가 들린다. 불똥처럼 폭발하고 싶어진다. 다시 한 번 그 심한 대지진은 오지 않는 것일까. 어디를 걸어도 맛있게 보이는 빵이 진열되어 있다. 먹은 적도 없는 말랑말랑한 빵의 얼굴, 하얀 피부, 만질 수도 없는 빵.

날이 밝고 햄슨의 『굶주림』을 읽는다. 아직 이 굶주림이란 책은 천국이다. 생각하는 것도 걷는 것도 자유로운 나라 사람의 소설이다. 진화와 혁명이라는 말이 나온다. 지금 내게는 그런 인내도 없다. 질퍽질퍽한 갈망의 소용돌이 속에서 아무것도 생각하지 않고 살아가고 있을 뿐이다. 질식하지 않고 간신히 살아가고 있을 뿐이다. 답답해지면, 그 부근에다 조그만 칼로 낙서를 하고 싶어지는 삶을 신이여 알고 계십니까… 그냥 이렇게 하고 팔짱을 끼고 풍경을 매달고 있다. 무척 시원할 것 같다며 사 가는 사람의 얼굴이 눈앞에 떠오른다. 언젠가는 어떻게든 인생을 생각해야 할 것이다.

새벽의 가와조이초(川添町)를 마음을 움츠리며 나는 걷는다. 옷자락을 접어 허리에 지르고, 그냥 잠자코 걷고 있다. 별 따위는 눈에도 들어오지 않는다. 별 따위 모두 내 눈에서 흘려 버리고 만다. 그뿐이다. 내가 옷자락을 접어 허리에 지르고 걷고 있으니 미친 여자인가 하며 걷는 사람이 살짝 피해서 지나간다. 나는 히죽히죽 웃는다. 남자가 오면 일부러 그쪽으로 총총히 걸어가 본다. 남자는 성큼성큼 걸어서 내게서 도망간다. 마음속에서는 질풍노도가 불어온다. 살다 보니 경계가 다른 차이를 알게 된다. 나 이외의 사람이 움직이고 있고 그 사람들이 모두 제각각 음울하게 보인다.

나는 언제라도, 매춘부 같은 기질이 있는 내 마음에 놀란다. 아무것도 놀랄 게 없는데도 조그만 동기로 언제라도 자신을 자포자기해 버릴 수 있는 뿌리는 있는 것이다. 초조해진다. 괴로움은 어디에나 굴러다니고 있다는 생각을 하면서, 창문의 등을 보면 돌을 던지고 싶어지는 것은 어쩐 일일까.

조그만 제한 속에서 살아가고 있을 뿐인 거야. 거기에서 나올 수도 들어갈 수도 없다. 예수 그리스도께서 말씀하시길. 그리스도가 베들레헴 태생이라는 것은 이상한 것이다. 도대체 예수 그리스도 같은 사람이 그 옛날에 살고 있었던 것일까. 아무도 본 사람은 없고, 아무도 구원받은 사람도 없다. 부처님이라 해도 이상하다.

태양이나 달을 신으로 여기고 있는 외딴섬의 인종 쪽이 훨씬 현실적이고, 진실성이 있는데도 신이라는 것 고작 인간의 모습을 하고 있을 뿐인 희극, 이 숨막히는 환경을 누구 한 사람 이상하게 여기는 사람도 없다.

(8월 x 일)

오늘은 산림보(三隣亡)의 운 없는 날이라서 장사를 나가도 별 볼일 없다고 어머니도 의붓아버지도 늦잠을 잔다. 맴맴하며 무덥게 매미가 울어대고 있다. 앞의 외양간에서는 짐차에 산더미처럼 흰 두부 비지가 실려 파리가 참깨처럼 튀고 있다. 비지가 먹고 싶다. 파를 넣어서 기름으로 볶으면 맛있겠다.

집에 있는 게 싫어서, 다시 짐을 등에 지고 혼자서 나간다. 그다지 별 볼일도 없지만 언제나 산린보 같은 생활로 오늘처럼 좋은 날씨를 놓치는 것도 이상한 이야기라고 오쿠보(大久保)로 나와 조스이(淨水)에서 담배전매청으로 나와 신주쿠까지 걷는다. 찌는 듯이 무더운 날씨다. 누케벤텐(拔弁天)으로 나와서 한 집 한 집 걸어가 보지만, 크랩 속옷 따위 살 집도 없다.

요초마치(余丁町)쪽으로 나와서 더운 차양 속에서 어슬렁 어슬렁 걷는다. 거북이가 기고 있는 듯한 자신의 그림자가 매우 이상하다. 미야케 야스코(三宅やす子)[183] 씨 집 앞을 지난다. 대단한 여자임에 틀림없다. 문 앞의 돌계단에 잠시 앉아서 쉰다. 미야케 씨는 아침밥도 먹지 않은 여자가 자신의 집 앞에 앉아 있다고는 생각하지 않을 것이다. 문 안에서 남자아이가 놀고 있다. 머리가 큰 아이다. 와카마쓰초(若松町)로 나와 다시 이유도 없이 좁은 골목 안을 걸어가 본다. 배가 고파서 아무래도 걸을 수 없다. 막연한 생각에 사로잡힌다. 우선 더워서 쓰러질 것 같다. 우무라도 먹고 싶다.

등은 땀에 흠뻑, 다리쪽으로 땀이 방울져 흐른다. 하숙집을 엿보지만, 학생은 모두 귀성해서 아주 한산.

무엇 때문에 이런 곳으로까지 걸어온 것인지 확실히 모르겠다. 진실을 말하면, 장사를 하는 일보다도 단지 자기의 센티멘탈에 끌려 걷고 싶은 게 본심일지도 모른다. 걸어 봤자 좋은 일도 없으면서, 그것이 또한 자신을 슬프고 애절하게 만들면, 나는 여려져서 나막신을 끌며 걷는다. 집에 함께 있으면서 부모 얼굴 따위 보고 싶지도 않다는 생각뿐이다. 한 이불에 언제까지나 서로 안고 자고 있는 부모의 모습은 싫다. 고상하게 되고 싶어도 고상해질 수 없다. 부모의 신세도 참을 수 없다. 어딘가 혼자 가서, 그냥 혼자서 살고 싶다. 아아, 그런 걸 생각하며 걸으니 다시 끈적끈적 눈물이 흘러 넘친다. 소금기 어린 눈물을 혀끝으로 핥고 있다가 어느새 다시 등의 짐을 흔들어 올리고 걷는다. 달팽이 같은 나의 땅딸막한 그림자. 목욕을 하며 산뜻하게 머리를 감는 몽상. 목덜미에서 가슴에 걸쳐 다닥다닥 땀띠 딱지에는 어떻게도 할 수 없습니다.

고이시카와(小石川)의 하쿠분칸(博文館)에 언젠가 소설을 가지고 갔는데, 현상 소설은 지금은 취급 안 한다며 거절을 당한 걸 지금 생각해 보면 하쿠분칸의 시마다 세이지로(島田淸次郞)는 아주 교활하게 머리를 쓰는 사람이다.

장사도 안 되고, 다마노이(玉の井)에 몸을 팔 수밖에 없군요. 미요시노(三好野)에서 삼각 콩떡을 한 접시 사 와서 먹는다. 미지근한 차가 꿀꺽꿀꺽 목을 지나간다.

변함없는 저질 취미, 겁쟁이고, 약골이고, 그러면서 뭔가의 자선을 기다리고 있는 정신이다. 자선을 받고 싶은 한가지 생각으로 살아가고 있는 듯하다. 네, 나는 '네'라는 소설을 쓰고 싶다.

베르테르의 슬픔과 조금도 다르지 않은 그런 것이다. 쾌적한 사태가 일어나 베르테르라는 글자는 흘러가고 있다. 달콤하기로는 이 이상 매혹적인 것이 없다. 나는 더욱 증오심에 불타면서, 남자에 대해 생각한다. 거짓말만으로 문학이 태어나고 있다. 겉만 보는 뻔뻔스러움으로 작자는 말한다. 음탕함과 인자함이 섞인 스타일로 시골 독자를 속인다. 싫지 않습니까.

오히려 이럴 바에는 간다(神田)의 직업소개소까지 가서 다시 그 분홍색 카드 여자가 되어 볼까 하고 생각한다. 월 30엔만 있으면 다시 조용하게 쓸 수 있다. 다다미에 드러누워 20장 8전의 원고지를 써 없애는 즐거움, 가끔은 값싼 위스키 한 잔 기울여 노숙의 꿈을 끝맺는 디오게네스[184]의 현실. 재미있지도 않은 이 일상에서, 빨랑빨랑 끝맺고 싶은 기분도 든다.

증기를 쉭쉭 뿜으며 살아가지 않으면 안 된다고 해도…. 햇님이여, 어째서 그렇게 쨍쨍 덥게 내리쬐어 괴롭히는 것입니까? 덥다. 정말 더워서 괴로워 죽을 것 같다. 어딘가 큰 물웅덩이는 없을까요. 고래처럼 조수를 뿜어 보고 싶은 거예요.

1전도 못 벌고, 저녁에 돌아오다.

양배추에 소스를 끼얹어 보리밥을 먹는다. 의붓아버지는 고사리 장사를 나가 부재. 어머니는 속치마 하나만 입고 빨래. 나도 알몸이 되어 우물물을 뒤집어쓴다.

쇼조가호(少女畵報)에서 원고가 되돌아와 있다.

멋쩍어하며 봉투를 뜯는다.

기적의 숲이라고 허세를 부린 제목을 붙여도, 원고는 의외로 되돌아온다. 아무것도 기적 따위 있을 리가 없다. 신념이 굳은 가난한 소녀가 팔레스티나에서 땅을 지배하는 이야기 같은 건, 개나 먹어 버릴 게 당연하다, 흥분해서 세계 제일의 문장이라 생각한 것도 잠깐 사이, 아아, 이 마음속 자부심도 나비처럼 빗속에 긁혀져 산산조각이 나버린 겁니다.

우물물을 뒤집어쓰고, 화끈해진 몸으로 다다미에 드러누워 다소나마 앞일을 생각한다. 전등을 따라 나방이나 딱정벌레가 날아온다. 무엇보다 귀찮은 것은 모기떼의 모진 고문이다.

낡은 문장클럽을 꺼내 읽는다. 소마 다이조(相馬泰三)[185]의 신주쿠 유곽 이야기 재미있다.

아내는 도리코(とり子) 씨라고 하는데 글로 봐서는 미인인 것 같다.

아아, 세상은 넓은 것이다. 매일 어떻게든 맛있는 것을 먹고, 부부로 느긋하게 야시장을 산책하는 세상도 있다.

이것 저것 모두 쓰고 싶다. 산처럼 쓰고 싶다는 생각이면서, 내가 쓴 것 따위 한 장도 팔리지 않는다. 그뿐이다. 이름도 없는 여자의 일그러진 한 마디, 어떤 길을 찾아가면 가타이(花袋)[186]가 되고, 슌게쓰(春月)[187]가 될 수 있는 것일까. 사진관 같은 소설이 좋을 것이다. 있는 것을 있는 그대로, 이상한 세상이다. 가끔은 무지개도 보인다는 소설이나 시는 쓸데없는 것일지도 모른다. 먹을 수 없으니까 무지개를 보는 것이다. 아무것도 없으니까 천황의 마차에 다가가고 싶어지기도 할 것이다. 진열장에 갓 구워낸 빵이 있다. 누가 저 빵을 먹을까.

알몸으로 뒹굴고 있으니 기분이 좋다. 모기에 물려도 태연하게 나는 꾸벅꾸벅 20년이나 뒤의 일을 공상한다. 그래도 아직 아무것도 못되고, 행상의 연속, 아이를 대여섯 명이나 낳고, 남편은 어떤 남자일까. 일벌레라 어쨌든 매일 밥은 모자라지 않는 사람이면 행복하겠다.

모기에 자꾸 물려서 땀내나는 수건으로 손을 감싸고 다다미 바닥에 새우처럼 등을 구부리고 글을 쓴다. 아무것도 쓸게 없으면서, 여러 글이 머리에 번쩍거린다. 2전짜리 동전이라는 제목으로 시를 쓴다.

푸른 곰팡이가 생긴 2전짜리 동전이여
외양간 앞에서 주운 2전짜리 동전
크고 무거워서 핥으니 달다
뱀이 꼬불꼬불 구부러진 모양
메이지(明治) 34년생의 각인

먼 옛날이네.
나는 아직 태어나지도 않은
아아 무척 행복한 감촉
무엇이든 살 수 있는 촉감
얇은 피 만두도 살 수 있다.
숯으로 닦아 반짝반짝 빛내서
역사의 때를 벗기고
가만히 나는 손바닥에 놓고 바라본다.
마치 금화 같다.
반짝반짝 빛나는 2전짜리 동전
문진으로 써 보기도 하고
맨살의 배꼽 위에 올려 보기도 하고
사이좋게 놀아 주는 2전짜리 동전.

註

106) 두 줄의 쇠줄을 매고, 건반을 갖춘, 간단한 현악기로, 다이쇼 (大正) 초기에 개발됨.

107) 원래 일본 종이(和紙)의 이름. 장식의 일종.

108) 다이쇼 시대의 유명한 시인.『영혼의 가을』등을 씀.

109) 바라몬은, 인도에서 불교 이전부터 행해진 민족종교, 바라밀은 바라몬의 실천수행, 바라밀에서 生殖 행위를 연상한 표현일 것이다(바라밀의 일본 발음은 '하라미쓰'로서 아이를 가지다. 잉태하다의 뜻을 가지는 '하라미'라는 단어를 연상시킨다).

110) 이쿠다 조코(生田長江, 1882~1936). 다이쇼 시대의 대표적 평론가 중 한 사람, 번역가로서도 니체『짜라투스트라』외에 다수의 번역을 했다.

111) 휘트먼(1819~1892). 미국의 민주주의적인 시인,『풀잎』이 유명했다.

112) 푸쉬킨(1799~1837). 러시아의 시인, 소설가.『에브겐 오네긴』『대위의 딸』등이 있다.

113) 오스기 사카에(1885~1923). 무정부주의 사상가, 다이쇼기 사회주의 운동을 리드했다. 대진재 직후, 군이 살해했다.

114) 크로포트킨(1842~1923). 러시아의 무정부주의자.『한 혁명가의 추억』,『相互扶助論』등으로, 일본에 큰 영향을 끼쳤다.

115) 메이지(明治) 시대 말기에서 쇼와(昭和) 초기에 걸쳐 길거리나
    장터에서 바이올린을 켜며 신작 유행가 등의 노래를 부르며
    노래책을 팔던 사람.

116) 도쿠토미 로카(德富蘆花)의『불여귀』를 유행가로 만든 것.

117) 도쿄의 사창가.

118) 발효시킨 콩에 간을 해서 말린 것.

119) 유부의 한 가지로, 두부 속에 잘 다진 야채, 다시마 등을 넣고
    기름에 튀긴 것.

120) 단오절에 남자아이들의 건강을 빌면서 처마나 지붕 같은 높은
    곳에 달아 올리는 천 또는 종이로 만든 잉어드림.

121) 에도 시대 중기의 5 · 7 · 5의 3구절로 된 짧은 시.

122) 유진 오닐(1888~1953). 미국 극작가.『지평선 너머』,『기묘한 幕
    間狂言』등의 작품이 있다.

123) 마쓰오 바쇼(松尾芭蕉, 1644~1694)의 하이쿠(俳句). 원문은 古
    池や蛙飛びこむ 水の音

124)『마농레스코』는 프랑스 소설가 아베 프레보(1697~1763)의 작
    품. 순정적이고 상투적인 여자의 일생을 그린 소설.

125) 신불(神佛)을 공양드리고 제를 올리는 날, 젯날.

126) 尾崎紅葉(1867~1903). 소설가, 俳人, 도쿄 출신.

127) 小栗風葉(1875~1926). 소설가

128) 도쿠토미 로카(德富蘆花)의『호토토기스』의 비극적 여주인공.

129) 가사이 젠조(葛西善藏, 1887~1928). 소설가.

130) 염교, 채지(荣芝).

131) 도쿄에 있는 유곽.

132) 타고르(1861~1941). 인도의 시인, 사상가로 널리 서구, 일본에

알려졌다.

133) 高橋新吉(1901~1987). 시인.

134) 岡本潤(1901~1978). 시인. 다이쇼 시대에서 쇼와 시대에 걸쳐 아나키즘 시를 계승함.

135) 壺井繁治(1897~1975). 시인, 아나키즘 시인으로 활동하다 이후, 일본 프롤레타리아 작가동맹에도 참가, 전후 신일본 문학화 결성에 진력했다.

136) 곤겐(權現). 일본에 있어서 신의 칭호의 하나, 부처나 보살이 중생을 구하기 위해 일본에 임시 권도로 신으로서 나타난 것이라는 사상에 기인.

137) 千葉龜雄(1878~1935). 평론가, 저널리스트

138) 해의 신으로 일본 황실의 조상이라 함.

139) 살쩍머리, 일본 머리형의 옆부분.

140) 하우프트만의 희곡『한넬의 승천』의 주인공

141) 시마다 세이지로(島田淸次郎, 1898~1930). 다이쇼 8년(1919년) 20세로 인도주의적인 장편『지상』에 의해 대호평을 얻었지만, 이후 몰락.

142) 누카타노 오키미(額田王). 『만엽집(万葉集)』의 대표적 여류가인.

143) 모리타 소헤이(森田草平, 1881~1949). 소설가, 번역가. 소세키(夏目漱石) 문하의 작가로, 장편『매연』에서 히라쓰카라이초와의 연애를 그렸다.

144) 우노 고지(宇野浩二, 1891~1961). 소설가. 『창고 속』, 『고목이 있는 풍경』 등으로 알려져 있다.

145) 이마도야키(今戸燒). 이마도(今戸)에서 만든 토기로, 덴쇼(天

正, 1573~1592)연간에 시작되었다고 하며, 다도구(茶道具)·
기와·화로 등을 만들었다. 이마도야키 너구리는 상인 모습을
하고 서 있는 너구리 장식 인형으로 옛날부터 만들어졌다.

146) 오블로모프. 러시아 작가 곤차로프(1812~1891)의 장편 『오블
로모프』의 주인공. 총명하고 재능이 있으면서 무기력하고 아
무것도 하지 않는 인물로 그려짐.

147) 소 우(牛)자 세 개로 된 히시메쿠(犇めく)라는 글자는 밀치락
달치락 북적댄다는 뜻.

148) 사다 구로(定九郎). 『名手本忠臣藏』속의 악역, 오카루의 아버
지가 그녀를 팔아 받은 돈 50량을 노려 죽이고 빼앗음.

149) 아이누 사람이 옷감으로 쓰는 난티나무 껍질섬유로 짠 두껍
고 질긴 천. 또 그와 비슷한 두껍고 긴 무명. 앞치마 작업복으
로 쓰임.

150) 징병검사는 20세부터이므로, 아직 미성년이라는 의미.

151) 정월 보름날 문앞에 세워놓은 가도마쓰(門松 : 새해를 축하하
여 문앞에 세우는 장식소나무)나 대문 위에 매단 금줄 따위를
모아 태우는 행사. 또 그 불로 떡을 구워 먹는 일.

152) 미야타케 가이코쓰(宮武骸骨, 1867~1955). 원래 이름은 外骨.
시니컬한 풍자를 주로 한 저널리스트 센류(川柳), 메이지(明
治)문학 연구자.

153) 간표(干瓢). 오가리, 박고지.

154) 151번 주석 참고.

155) 다나베 와카오(田辺若男).

156) 일련종 신자가 염불을 욀 때 쓰는 북.

157) 원문에는 あかねさす 山 로 되어 있다. あかねさす는 日(ひ :

220

해), 晝(ひる : 낮), 照る(てる : 비추다), 君(きみ : 임금), 紫(む
らさき : 보라빛)을 수식하는 마쿠라 고토바(枕詞 : まくらこと
ば란 주로 와카(和歌)에서 습관적으로 일정한 말 앞에 놓는 4,5
음절의 수식어).

158) 九星 미신의 하나, 가장 조심해야 하는 방위의 하나.

159) 구성 미신의 하나로, 이날 건축을 하면, 세 이웃이 모두 화재를
    당한다 하여 피한다.

160) 2월 첫 번째 날 열리는 이나리 신사의 축제.

161) 시칠리아 섬의 수도이며 관광 휴양지로 유명하다.

162) 톨스토이의 『부활』의 남주인공. 캬츄사를 유혹하여 추락시킨 귀
    족의 아들.

163) 사사키 도시로(佐々木俊郎, 1900~1933). 소설가, 농민의 아들로
    서 독자적 농민소설의 경지를 열었다.

164) 지바 가메오(千葉龜雄, 1878~1935). 평론가. 저널리스트.

165) 도모야 시즈에(友谷靜榮)와 창간한 잡지 『두 사람(二人)』에
    실린 시.

166) 스트린드베리(1849~1912). 스웨덴 작가, 극작가, 소설 『가정부
    의 자식』, 『치인의 고백』, 『번개』는 상징적 내용의 희곡.

167) 독일 극작가 게오르규 카이저(1878-1945)의 1916년의 표현주
    의 희곡, 쓰키지소극장에서 상연.

168) 성병을 담당하는 병원.

169) 차(茶) 줄기가 물에 눕지 않고 서면 운수가 좋다고 함.

170) 만담에서 주로 하는 이야기로 그 내용은 어느 남자가 자식의
    이름을 길게 지어 주면 좋다고 해서 "지게무(じげむ)…"로 시
    작되는 아주 긴 이름을 지어 줬는데, 어느 날 그 아들이 우물

에 빠졌으나 그 이름을 다 부르는데 시간이 너무 길어 미처 구
하지 못하고 죽었다는 이야기다.

171) 모노가타리의 시작 부분을 흉내낸 것.

172) 붓으로 살짝 스친 것 같은 잔무늬(가 있는 천)

173) 아리시마 다케오(有島武郎, 1878~1923)의 유명한 소설.

174) 1931년 4월 잡지『개조』에『풍금과 물고기의 마을』이란 제목
으로 발표. 오노미치에서 살던 어린 시절의 내용을 주로 그리
고 있다.

175) 체홉의『지루한 이야기』

176) 입센(1828~1906)의 희곡『인형의 집』의 여주인공, 남편으로부
터 여성의 독립을 묘사함.

177) 크랩(Crepe). 굵은 실로 지리멘(縮緬)처럼 천에 가는 주름을
낸 직물.

178) 예장용 의복 또는 일본식 속치마를 일컫기도 함.

179) 우쓰노미야의 쓰리텐죠(宇都宮吊天井). 원래 뜻은 에도 초기,
우쓰노미야의 무가(武家)집에 설치해 놓은 모살(謀殺) 장치.
적을 불러들여 객실 천정을 밑으로 떨어뜨리게 하여 죽이는
장치다. 여기서 겉보기에는 밥이 수북이 담긴 것 처럼 보이나
실제는 젓가락이 이내 공기 바닥에 닿아 버릴 만큼 밥이 극히
적은 양임을 의미한다.

180) 南部修太郎(1892~1936). 소설가.

181) 오타아로오(オタアロオ). 오타아로오는 워터루(ウォ-タ-ル-)
의 잘못된 표기임. 워터루는 나폴레옹 1세의 운명이 다한 벨기
에 격전지. 이곳에서 영국군이 승리하여 나폴레옹의 운명은
끝났다. 당시 항간에 "운명이 다한 오타아로오"라는 노래 가

사가 유행하였다.

182) 모노가타리(物語)는 일본의 문학 장르로 소설과 비슷하다. 흔히 '옛날에 한 남자가 있었다. 그 남자는…'과 같은 식으로 이야기가 시작되는 경우가 많아 작가가 이를 빗댄 것.

183) 미야케 야스코(三宅やす子, 1890~1932). 소설가. 평론가. 교토 출생. 나쓰메 소세키에게 소설을 배웠다. 1923년 『우먼 마렌트』라는 잡지 창간. 소설로는 『奔流』가 있고 평론으로는 『未亡人論』, 『我子の性教育』 등이 있다.

184) 디오게네스 라에르티오스는 3세기 전반의 철학사가. 소아시아 키리키아 라에르테 사람, 저서 『철학자 列傳』.

185) 相馬泰三(1885~1952). 수필가.

186) 다야마 가타이(田山花袋, 1872~1930). 소설가.

187) 生田春月. 소설가.

저자/하야시 후미코(林芙美子, 1903~1951)

후쿠오카(福岡) 현 모지(門司) 출생

1918년 4월 오노미치(尾道) 시립 고등여학교 입학,
　　　　　아키누마 요코(秋沼陽子)란 필명으로 시작 활동

1930년 『방랑기』 출간, 60만 부의 베스트 셀러가 됨

1949년 『늦국화』로 제3회 여류 문학자상을 수상.

1951년 심장마비로 자택에서 타계

작품 : 시집 『푸른 말을 보다(蒼馬を見たり)』, 『옛 모습(面影)』
　　　소설 『청빈의 글(淸貧の書)』, 『굴(牡蛎)』, 『남풍(南風)』, 『파
　　　도(波濤)』, 『눈보라(吹雪)』, 『늦국화(晚菊)』 등 다수

역자/최 연

이화여자대학교 문리과대학 국어국문학과 졸업

한국외국어대학교 대학원 일본어과 졸업(문학석사)

일본 도쿄대학 대학원 비교문학 박사과정 수료, 同 대학원 비교문
　학 연구실 객원 연구원

현재 영남대학교 문과대학 동양어문학부 교수

논문 : 「나쓰메 소세키(夏目漱石)의 『산시로(三四郎)』에 나타난
　　　異文化에 대한 양의성의 문제」, 「모리 오가이(森鷗外)의
　　　『청년(靑年)』에 나타난 자아 의식의 문제」, 「한 · 일 근대 소
　　　설에 나타난 청년상―이광수의 『무정』과 나쓰메 소세키의
　　　『산시로』를 중심으로―」, 「오에 겐자부로(大江健三郎) 문
　　　학에서의 좌절과 성의 이미지」, 「일본 현대 소설에서의 여
　　　성의식―하야시 후미코의 『방랑기』, 『늦국화』, 『뜬 구름』을
　　　중심으로―」

한림신서 일본현대문학대표작선을 발간하면서

한림대학교 한림과학원 일본학연구소에서는 1995년에 광복 50년, 한일국교 정상화 30년을 기념하면서 일본학총서를 출간하기 시작했다. 그 성과에 대해서 한일 양국의 뜻있는 분들이 높이 평가해 주신 데 깊은 사의를 표한다.

본 연구소는 한국이 일본을 더욱 잘 알게 되고, 한일간의 문화교류가 활발해진다는 것이 한일 양국을 위하는 것일 뿐 아니라 21세기를 향한 동북아시아의 평화와 새로운 질서를 수립하는 데 크게 이바지한다고 생각한다. 그런 뜻에서 일본학총서도 발간해 왔던 것이다. 앞으로도 그 사업을 계속할 것이며 연륜을 더해감에 따라 큰 발자취를 남기게 될 것을 의심하지 않는다.

그런 확신을 가지고 지금까지 일본학총서 발간에 보내 주신 한일 양국 여러분의 성원에 보답하는 의미에서 여기에 새로이 한림신서 일본현대문학대표작선을 발간하기로 했다. 일본 문학은 이미 세계 문학사에서 확고한 자리를 차지하고 있다.

일본은 전통적으로 문학 속에 사상을 담아 왔기 때문에 일본 사회를 알기 위해서는 일본 문학을 알아야 한다고들 흔히 말한다. 그럼에도 불구하고 지금까지 상업성을 위주로 하는 일반적인 출판사업에서는 일본 문학의 전모를 알리기에는 어려운 사정이 많았던 것이 사실이다. 그러므로 본 연구소는 일본을 바로 이해하기 위하여, 한일간의 문화교류를 더욱 촉진하기 위하여 여기에 일본현대문학대표작선을 간행하기로 했다.

이러한 노력이 우리 문화발전에도 크게 이바지할 수 있기를 바라면서 일본에서도 한국 문화를 일본에 알리기 위한 노력이 일어나서 한일간에 새로운 세기를 좀더 밝게 전망할 수 있게 되기를 바란다.

여러분들의 계속적인 성원을 기대해 마지 않는다.

1997년 11월
한림대학교 한림과학원 일본학연구소